collection
挚情 真知 雅意
名家作品中学生赏鉴版

STUDENT EDITION

WANG MENG collection

王 蒙 作 品

王蒙，中国当代著名作家，原文化部部长，曾获第九届茅盾文学奖。笔耕近七十年，代表作有《青春万岁》《这边风景》《活动变人形》等，作品被译成英、俄、日等多种文字在国外出版。

中学生典藏版 C 王 蒙 著

春天的心

山西出版传媒集团　山西教育出版社

图书在版编目（CIP）数据

王蒙作品：中学生典藏版：春天的心 / 王蒙著；
王江红编. — 太原：山西教育出版社，2021.9（2022.5 重印）
ISBN 978-7-5703-1463-8

Ⅰ. ①王… Ⅱ. ①王… ②王… Ⅲ. ①散文集-中国
当代 Ⅳ. ①I267

中国版本图书馆 CIP 数据核字（2021）第 048012 号

王蒙作品中学生典藏版·春天的心

策　　划　刘晓露
责任编辑　刘晓露
复　　审　海晓丽
终　　审　郭志强
装帧设计　薛　菲
印装监制　蔡　洁

出版发行　山西出版传媒集团·山西教育出版社
　　　　　（太原市水西门街馒头巷 7 号　电话：0351-4729801　邮编：030002）
印　　装　河北燕龙印刷有限公司

开　　本　889×1194　1/32
印　　张　8.5
字　　数　188 千字
版　　次　2021 年 9 月第 1 版　2022 年 5 月第 4 次印刷
书　　号　ISBN 978-7-5703-1463-8
定　　价　36.00 元

如发现印装质量问题，影响阅读，请与印刷厂联系调换。电话：010-89598455

不成样子的序言

（编者序）

王江红

有长河的开阔激荡，有细雨的洒落纷扬；有金刚怒目的挥毫直叱，有笔端倾吐的深情款款；有拔地而起哲理的险峻，有九曲回环灵魂的冲击……兴观群怨，跌宕宠辱，仿佛人世间的各种情致况味，都曾与他的文字、与文字背后的生命厮杀过，而后相互宾服，成为持久的陪伴与慰藉。这，就是编者对王蒙文字最深刻的印象。

"八〇后"王蒙，是文坛"常青树"，编者用这"不成样子的序言"，铺砌一条斑驳的路，将同学们的目光与脚步，牵引到灿烂的王蒙散文花园中。

A. 其文 —— 值得推荐的三大理由

一、怀抱好奇，走出小我天地

与同龄人相比，王蒙的视野是开阔的，亚洲欧洲美洲非洲大洋洲，都列入了他造访的记录，流淌为他笔下的文字。这一点，生活在今天的中学生是有机会去尝试，去效仿的。此刻，正在展开这本书的同学们，身上也一定有着与以往年轻人不同的气质：拥有互联网思维，追求个性化表达，追寻更牢固的价值基座；好奇心更强，敢于逐梦，奔向更远的远方。用王蒙的话说，走出自我，拥抱远方，就是"一种机会，你可以离开你熟悉的环境，夸张一点说，你离开一下你自己——自己的思维定式、情绪定式和知识局限，你得到一种参考，你见识一下世界，你开阔一下心胸，你得到一些平素没有得到乃至不会得到的知识和体验，你试图从不同的角度来思忖一些问题"。在王蒙的笔下，那令人倾倒的山峰和瀑布、湖泊和海洋、森林和草原、城市和乡村，那令人神往的教堂、寺庙、博物馆、美术馆、纪念碑、宫殿、雕像、喷泉、道路、机场、码头、摩天大楼和民居，都可以让"你得到了经验也得到了诗。你得到了安慰也得到了胸襟。你得到了休息也得到了启迪。你睁大了眼睛也张开了臂膀"。

二、独立思考，寻找最佳表达

王蒙始终坚持独立的思想，在他的作品中绝少出现随波逐流的叙述状态。他的散文创作中始终贯穿着清明的理性精神，贯穿着精神层面的"独立行走"。纪伯伦说，孩子是住在未来房子里的人。王蒙说："创造是一个享受的过程，必须张扬个性，纠正他人错误、发表与众不同的观点也是创造。全社会应该从小鼓励孩子发挥想象力，而不是过早地以规范、统一的观点去抹杀他们天真的想法。"喜欢独立思考，厌烦理论灌输，希望在实践中激发新创意、加强认同感、增强参与感的同学们，是否对此感到欣喜？

王蒙的散文中不仅蕴含着独立的理性思考，还蕴含着丰厚的艺术之妙。"真诚"和"自由"是散文的两大品格。王蒙散文的特色便是这难能可贵的"真诚"与挥洒自如的"自由"。"真诚"体现在写真人、记真事、抒真情。而"自由"则体现在形式和语言两个方面。他散文中有小说手法的运用，有红线串珠的结构，更有多变的体式，这一切构成了高度的开放性及语言的"立体感"。不论是修辞格的并用，还是高密度的句式，都是深思熟虑之后的举重若轻，是"真诚"而"自由"的艺术表达。耳濡目染这样的文、句、段，相信同学们的表达也会与众不同。

三、珍爱生命，拥抱大千世界

文学使生活更青春、更鲜活、更理想、更智慧，也更强烈，这话用于王蒙丝毫不差。他说："我是世界的情人，我的小说就是写给世界的情书。"应该说，读王蒙散文，能更直接深切地感受他对生命和世界的眷恋珍爱。这些背后蕴藏着爱的文字，是密友，陪伴我们；是良师，引导我们。

　　或许，今天的世界过于缤纷，充满诱惑，有着数不清的纷争、谜团、旋涡。于是，有人小小年纪，就"佛系"起来，自以为看透一切，仅仅凭借对事物的表面理解，就迷上"对酒当歌，人生几何。譬如朝露，去日苦多"的喟叹，编者的某位学生曾把这几句诗，刻写在木制的课桌上。对此，编者曾笑问："你经历过什么？居然可以成为戎马倥偬、横槊赋诗的曹孟德的知音？"他有些羞赧，笑了。求学阶段，聪慧如鲁迅先生，镌刻在书桌上的，也是一个自我激励的"早"字，而把"人生几何"放在心上，不是为赋新诗强说愁，便是对多彩人生的一种"降维"解读，这是对拥有无限可能性与可塑性的自我的放弃。同学们觉得呢？

　　有人说，万物生发需要热，人类升华离不开爱。爱要执着，需要的不只是青春的冲动，还要有超强的毅力；爱要开放，需要超越自我、上下求索的韧性。是爱创造了丰富的物质财富，五花八门的大千世界，更构建起万般锦绣、壮阔深邃的人类精神星空。在王蒙的文字里，同学们可以读出更多的爱，获取力量，让自己得到更多滋养，成长为"万物之灵长"中的骄傲一员。

B. 分类 —— 一种摆渡方式

任何分类方法都不能尽善尽美，所有的归纳都有例外的存在，尤其是人文领域，毕竟，不同读者对于作品的解读角度与感受殊异。王蒙的散文作品洋洋大观，并不为任何分类而诞生、存在。编者是为了有利于同学们阅读而对文章进行整理并归类的。编者认为，这相当于用一个自认为满意的行进方式，穿插摆渡，将亲爱的同学们，引领到一篇篇散发着热力、闪耀着智性光华的文字当中。

本书中，第一辑"心语如诉"，是"轻灵"和"温馨"兼具的文字，篇幅不长，娓娓道来。作品创作年代跨度较大（最早的一篇写于七十多年前，那时的王蒙跟同学们现在一样是中学生哦），意境不同，但是语感相通，字字珠玑，易于诵读，故而排在最前面。

第二辑"笔下新疆"，是偏于"亲情""忆念"的文字，字字深情，饱含着作家对于第二故乡的拳拳之心，对于青春年华、奋斗足迹的温暖追忆，对于维吾尔族父老乡亲在特殊年代里对自己真诚接纳、平等相待、热切扶助的感念。这些文章会让同学们更加热爱祖国和家乡，善待他人；而对于不少人来说陌生而遥远的那片疆域——新疆，或许也会生出真正的向往吧。

第三辑"目中经典"，同学们读来会更见作家本人的"通达"

"潇洒""睿智"。王蒙以中华五千年的恢宏历史为大背景，从一个个具体的故事或话题切入，论说音乐、美术，特别是文学等经典作品的得与失，东方与西方，传统与现实，恒常之道与与时俱进，精神智慧与宗教意识，文化性格与美学修养……笔力遒劲，耐人寻味。

第四辑"人物春秋"，此中文章对人物的刻画颇具小说家功力，细节具体生动，对话鲜活传神。作家本人阅历丰富，与一众文坛大咖广有交集，笔下形象众多，编者遴选出同学们相对熟悉的人物，便于大家在课内外阅读中加深对相关材料的理解；也便于在写作中有所借鉴，从不一样的视角切入，写出不一样的人物故事。

第五辑"环球凉热"，请同学们跟着作家的笔触去认识寰宇世界，其中不乏相对小众的去处。作家选取让自己动心、难忘的场景进行描绘，让人读来颇有身临其境之感，恍若亲耳听到了剑桥晚钟，目睹了比利时小镇布鲁吉美到令人心碎的建筑与陈设……对此，王蒙曾说："走了那么多地方，我只写下了一点点。原因是我较少现炒现卖的写作习惯，我更喜欢写的是沉淀一段以后，消化一段以后的题材。我希望今后有机会多写写我的漫游，我多么希望做一个幸运的漫游者，我希望能提供给读者以更多的令人欣慰和感慨的信息。"

同学们，但愿我们都是"幸运的漫游者"，从这些厚积薄发的文字中，读出更广博深邃的世界，感受并不遥远的"远方"。

　　所有能力都从锻炼中习得，也从重复中提高。从一九四八年不到十四岁写出《春天的心》，到二〇二〇年对于全民抗疫的书写，王蒙的创作从未停息。冰心在一首小诗中写道："冠冕？是暂时的光辉，是永久的束缚。"从昨日到今朝，王蒙的笔没有在光辉中迷失。一篇篇有温度有激情的文字，一次次真诚自由的表达，从未缺席。研究者们或许能从中梳理出中国文学发展的脉络；而青春如你，聪慧如你——当今的中学生们，能捕捉到的，应该是文字背后时代的变迁，成长的足迹，殷切的期望吧！

　　不同的社会有着不同的文化，我们对事物的理解可能有重叠，有差异，但，参差多态才是生活本意，才是幸福本源。无论哪一位作家，无论怎样的表达，召唤的都是读者的共情体验。祝愿同学们能拥有阅读（"悦"读）与书写的双重幸福体验，走在斑斓的人生之路上，不负韶华。

　　（作者系中国散文学会会员，中国作家协会鲁迅文学院学员，曾出版《山水太白——追踪诗仙的盛唐足迹》一书）

CONTENTS 目录

第一辑：

心语如诉

第四辑：

人物春秋

第五辑：
环球凉热

第一辑：
心语如诉

　　我喜欢写作还因为我并不是总是快乐的。谁能回避那些沉重的不愉快的甚至于可怕的事情呢？然而当这一切经验都变成为文学的契机的时候，人生就比较能够忍受了。

　　　　　　　　　　——《我为什么写作》

看呀，桃花的骨朵，柳枝的嫩芽，牛毛似的小雨帘子般地挂着，一切多美。生活本身是可爱的呀。

——《春天的心》

春天的心

春天的心活在春天的人的身体里。

春天的心是活跃的，生气蓬勃的，充满了活着的力量。春天使人爱生活：看呀，桃花的骨朵，柳枝的嫩芽，牛毛似的小雨帘子般地挂着，一切多美。生活本身是可爱的呀。听呀，池水的潺潺像低唱一首甜蜜的恋歌，晨鸟的啾啾像喁喁的情话，远处的孩子们唱了：

青草生

花儿红

斜织细雨里

老牛驮着牧童……

这嘹亮的歌声使春天的心朦胧了，沉醉了。

嗅呀！翘起鼻子，刚下完雨的潮湿气息，钻进你的鼻孔，使你的心痒痒的。玩吧，跳吧，高歌吧，舞蹈吧，暂时忘掉你的痛苦。我们都是小孩子，应该有小孩子的心，而小孩子的心便是春天的心呀！

春天的心又是懒洋洋的一股子劲儿。朋友，你可晒过春天的太阳？倚着树、靠着墙，闭上眼睛，让金黄色的太阳从头至脚抚摸你，你感到和暖，你感到舒适，身子散了，软了，像棉花一样；身子轻了，没有丝毫重量。于是你的身躯自然地摇摆着，飘，飘，飘到天空里，坐在白云上，和云雀一同唱歌，和风筝一同跳舞。说起风筝，你可常听到风筝铜铃寂寞的嗡嗡的声音？还有远处的空竹声也是相像的。它使你每个细胞都酥软了，它使春天的心荡漾在那声波里。听到之后你或者便颓然卧在草地上，让小野花的黄蕊洒在你的鼻孔里；你或者会兴奋地跳起来，喊着说："我们生活在春天里，我们生活在阳光里，我们生活在春天的阳光里！"本来嘛……

春天的心是美好的，善良的，纯洁的。因为美以大自然的为最美，而大自然的美表现在春天。你知道春山：远望苍翠欲滴，郊外踏青便是为了欣赏春山呀。你知道春水："风乍起，吹皱一池春水。"你知道春花春草，流行歌曲不是这样唱吗："春天的花，是多么的香。"通俗的对子，不是这样写吗："又是一年芳草绿，依然十里杏花红。"你知道春雨："帘外雨潺潺，春意阑珊""细雨梦回鸡塞远，小楼吹彻玉笙寒。"你知道春宵："今夜偏知春气暖，虫声新透绿窗纱。"以及什么"月移花影上栏杆"……好了，这些歌颂春天的句子是实在写不完的；人在这美的结晶里，丑恶的会变成美善，污浊的会变成纯洁。春天本身便是诗，何待写她在纸上？而春天的心，便是诗里的诗了。

　　虽然如此，春天的诗和含苞待放的春花一样，和刚伸出头来的草一样，是幼稚的，是脆弱的。她是才入世的小娃娃，而不是千锤百炼的勇士；她是呢喃倩舞的小燕，而不是在狂风暴雨里挣扎的海燕；她是小花而非大树，诗歌而非枪炮（请恕我这句话似乎包括对诗歌的不敬）。但是，春天要被更成熟、更热情、更坚强的夏天代替，春天的心也变成钢铁的心了。

海的颜色

海是什么颜色的？

提出这个问题，估计多数人会回答：蓝的。

什么蓝？怎样的蓝？一定是蓝色吗？

例如在渤海湾，我就没有获得过蓝海的感受。不论在大连、秦皇岛（北戴河）还是烟台，我看到的海基本上是草绿色的。阴雨天，海是灰蒙蒙的。阴雨天，天与海的色彩最为接近，相互"认同"，难分难解。浅海上常见黄褐色，可能是因为那里的沙滩是金黄色的缘故，浅海处因为涨潮退潮，因为风浪，因为游泳的人的折腾，把沙翻上来，变黄了，而遇到大风浪，便成了红褐色。风浪特大的时候，表面是白色的浪花——泡沫，往下是红褐色的海，好像是——用我的语言——麦乳精刚被沸水冲过。

渤海的颜色令人觉得温暖，亲切，随和；叫作"好说好说"。

一九八二年底一九八三年初我去南海，去西沙群岛，那里的海完全不同，那是深深的湛蓝色，阳光下映出一片金色的光辉。飞鱼在海面上飞行，军舰在海面上行驶，浪花庄严无声。海的颜色神秘、深邃、伟大而又寂静。人们说这种颜色是由于海非常深。确实令人觉得非常深，不可见底。这深深的蓝色令人肃然起敬。

我觉得这才是真正的原貌的海。

一九八七年我去意大利西西里岛的首府巴勒莫，去那里的蒙德罗区，我有机会几次下海游泳。海滩的沙子全是白色的（是珊瑚沙么？我国南海诸岛的沙子也是白色珊瑚沙）。海水则是纯净的天蓝，晶莹的，明亮的，无瑕的，欲滴的；我要说是少年人的天蓝如玉，令人爱不释手，令人不忍前去劈水前游，令人欢欣而醉，流连难舍。在这样的水里游泳的时候，可以隔着海水看到海底的白沙的一切形状和纹路，似乎比不隔水（即通过空气）还看得清清楚楚。只是游到深处的时候，往下一看，一片漆黑，漆黑中似有几根乱草在水中浮动，不由得汗毛倒竖起了几根。

一九八九年春季去法国，参加那一年戛纳电影节的开幕式，顺便看了看摩纳哥这个小国的风光。那儿的海也是天蓝色的，但似乎比西西里岛附近的第勒尼安海颜色深一些。

不管海是什么颜色，用手掬起，却都是无色透明的玲珑剔透，似乎这个海那个海以至与湖泊与江河并无区别。都是水，都是 H_2O 嘛。溶化了的盐也是没有颜色的。浪花又都这么白，白得叫人心碎。

雨

　　　　　　　　我喜欢雨，从小。

　　我不知道我为什么喜欢雨。因为它迷蒙而含蓄，因为它充满生机，因为它总是快快活活，因为只有它才连接着无边的天和无边的地！

　　"细雨鱼儿出，微风燕子斜"，"随风潜入夜，润物细无声"，春天的小雨便是大自然的温柔与谦逊，大自然的慷慨与恩宠，却也是大自然的顽皮。它存在着，它抚摸着，它滋润着，却不留下痕迹。用眼睛是很难找到它的，要用手心，用脸颊，用你的等待着春的滋润的心。

　　也有"凄风苦雨"，"秋风秋雨愁煞人"，"梧桐更兼细雨，到黄昏、点点滴滴"。其实那倒不一定是"一场秋雨一场寒"的秋天。即使这样的天气也给繁忙的人们带来休息，带来希望，带来遐思。

　　正因为有雨中的忧伤的甜蜜，人们才伸出双臂歌唱雨后初阳的万道金光。于是有了拿波里的名歌《我的太阳》。

而暴雨和雷雨又是多么欢实，它们驱走暑热，它们解除干渴，它们弥合龟裂，它们叮叮咚咚地敲响沉闷的大地，它们咋咋呼呼地嬉闹着对人们说："别怕，我们折腾一会儿就走。"

小时候，我最喜欢北京城夏日的大雨。雨中，积水上冒出一个又一个的半圆形的小泡儿。

似水晶，非琉璃，又非玻璃，霎时间了无形迹。

我的姨妈教过我这样的谜语。

为什么这几年在北京很少见到大雨冒泡儿了呢？是气候变了么？是我事太多、心太杂，对似水晶又非玻璃的泡儿视而不见，这泡儿已经唤不起我童年的那种好奇和沉醉了么？呵！

一九五八年的特别炎热的夏天，我下乡以前暂在景山公园少年宫劳动，盖房当小工，每天担四十多斤一块的大城砖，很累。一天早上刚开工便赶上了天昏地暗的大雨，"头儿"只好宣布放假。我落汤鸡似的回到家，换了一身衣服，打起雨伞，和同样处于逆境的爱人到新街口电影院看电影《骑车人之死》去了。电影看完了，大雨威势未减。这是一九五八年，也许是50年代的最后几年我们度过的最快乐的一天，而这一天，是雨赐给我们的。

冒雨出游，这才有特色，这才有豪兴，这才有对于生活、对于世界的热情。这热情是什么也挡不住也抹不掉的。

所以，当一九八二年六月初我和几个中国同志一起访问美国的东北海岸而赶上了整整一个星期的阴雨的时候，当不论是主人还是其他客人都抱怨这不凑趣的天气的时候，我却说，我喜欢雨，雨使世界更丰富了。在维尼亚尔（意即野葡萄园）岛上驱车行路的时候，我甚至把车窗打开——让溅起的雨珠雨花吹到我的脸上、头发上、脖子上和衣服上吧，这该是大西洋上的天空——与我们古老的神州大地上的是同一个天空——飘洒下来的美丽、友好、清凉却也有些阴沉的信息。雨中的大西洋，似乎泛着更多的灰白相间的浪花。天、海洋、小岛、大陆、漂亮的花花绿绿的别墅房屋、泊港的船只、行驶着的和停下来的汽车，都笼罩在那温柔迷蒙的雨中的烟雾里。

　　这样的雨就像夜，就像月光，使世界变得温柔，使差异缩小，使你去寻求一种新的适应，新的安慰。

　　就是让雨淋个透也未尝不是人间快事。在新疆的草原上，我曾经骑着马遭遇过一次短暂的却是声势浩大的雹雨，前不着村，后不着店，上天无路，入地无门，连一株可以略略遮雨的小树也没有。没法子，除了百分之百不打折扣地接受大自然的洗礼之外，没有别的路。当理解了这种处境以后，我便获得了自由，我欣然地、狂喜地在大雹雨中策马疾驰。

　　这种经验我写在小说《杂色》里边了，但我觉得没有写好。如果有机会，不，不管有没有机会，将来我一定要再写一次草原上的夹着雹子的暴雨。

　　这豪兴也要有一个条件，就是在前方不远，有哈萨克牧民的温暖的帐篷。兄弟般的哈萨克人会亲切地接待你，会给你一碗滚热的奶茶，会生起他们的四季不熄的火炉，烤干你的被雨打湿了的衣裳。

　　我们常常说"风吹雨打"，毛主席说要"经风雨、见世面"，我们还说什么经历了"风风雨雨"。这不但让人骄傲，也让人欢喜，不但让人刚强，也让人快活，像我那次在新疆的草原上那样。

而我现在正航行在从武汉到重庆的长江航道上，又赶上了雨。雨对我有情，我对雨有意。

在避风的那一面的甲板上，你看不到也摸不着雨。在船头，雨丝向你迎面喷来，在迎风的那一面，雨丝拉曳成了长线。

江上的雨和人似乎更加亲近。坐船的人都爱水，靠水，感谢水。而正是雨供给着江水，江水升腾着雨。当轮船疾驶的时候，浪花飞溅到甲板上，那不就是雨么？

天色虽然阴霾，两岸的垂柳和庄稼却被雨洗得更加碧绿。没有打伞，也没有穿雨衣，最多戴一个草帽的岸上的女人们的服装在雨中显得分外艳丽。连岸上的黄土和石头也在雨水中映着洁净的、本色的光。

"晴川历历汉阳树"，当然，但是你知道吗，阴川和雨川，也使我们的河岸、我们的人和树历历如画。

雨是我对生活和土地的无尽的情丝，情思。

感　伤

少年时候，我似乎颇有几分感伤。

上小学当儿，喜欢养蚕。那时北京的桑树也多，上树或者连树也不用上，就立在树下，可以够下很好的桑叶来，把桑叶洗净，擦干，喂蚕。眼看着蚕从蚂蚁状的小虫变白，一次蜕变又一次蜕变，吃桑叶吃得这么香，这么快，这么多，真令人高兴。只是觉得它们生活得太紧张，争分夺秒，未有稍懈。

最后蚕变得肥壮透明，遍体有绿，于是它吐丝了。扬头摆头吐丝怕也是很累的吧。

它变成了蛹，觉得令人难过，觉得它是把生命收缩起来了。变成蛾子，更令人痛惜。我有多少次想喂蛾子吃点东西啊，馒头也行，白糖也行，当然桑叶也行。可是它们根本不考虑维持生命了。它们忙着交尾，甩子，干巴枯萎，匆匆结束了一个轮回。第二年虽然有许多的蚕，已经没有原来的蚕了。

　　桑叶呢？所有的树叶呢？多虽多矣，却也是谁都不能替代谁的。一片树叶枯萎了，落地了，被采摘走了，对于这一片树叶来说，它就不再存在了。

　　所以春天繁花的盛开在使我惊叹的同时也使我觉得匆促。我常常觉得与春天失之交臂。我常常觉得这盛开的繁花是凋零的预兆。我常常觉得春天最令人惋惜，最令人无可奈何，还不如没有春天。

　　甚至当我把一个木片、一个纸片扔到流水里去的时候也有一种依依思念：这木片会冲向何方？这纸片将沉向何处？这一切都不是我们所能知道的。

　　夏天，我特别心疼那些被捉住的蜻蜓，它们扑着翅膀却飞不出去。我也心疼黄昏的蝙蝠与夜间的萤火虫，因为它们寂寞，它们不出声，我总觉得它们的生涯太缺乏乐趣。

　　还有中天的月亮，是那样的遥远。还有婴儿的哭声，是那样的无助。还有算命的盲人吹笛子的声音，他们的步履是何等艰难。还有各式各样的民乐小曲，那里面总是饱含着悲凉。还有初秋第一次发现躺到床上已不那么暑热的时候，又是一个季节，又是一个年头。甚至还有春天时燃放的鞭炮，砰砰叭叭，然后，烟消声散，遍地纸屑……

　　哪儿来的这些感伤呢？

　　后来革命了。革命是最有力的事业。后来深知这种感伤的不健康，并笼统地称之为"小资产情调"。其实真正的小资产者——如卖袜子与开餐馆的个体户，未必是感伤的。

　　后来碰到了真正的挫折和坎坷，感伤反而愈来愈少了。后来都说我豁达、乐观、潇洒乃至精明。反正绝不感伤了。

感伤究竟是什么？是一种幼稚天真？是对心劳力拙的算计争斗的一种补充？是一种轻微的心理的疾患？是一种天赋？是一种享受？是一条通向文学的小径？据说外国人也认为，"感伤"早已经"过时"了。

那就老老实实承认吧，我有过，现在也还有过了时的那点叫感伤的东西。活到老改造到老吧，路还长着呢。

落 叶

人说自己的作品是结成的果实，我却觉得，我的作品像一片片落叶。一年年落叶。一阵阵落叶。

春天，叶芽萌发，渴望生长，汲取养分，迎接阳光。夏天，日趋丰满，摇曳自语，纷披叠翠，自在茁壮。而小树成为大树、老树，就靠了这些树叶而呼吸，而做梦，而伸展自己的向往。

等到秋天，一片树叶又有一片树叶犹豫不决地与树干商量：我完成了么？我可以走了么？我渴望乘风飞去，海阔天空，被心爱的知音拿去珍藏。我又怕我们去了，使母亲树干凄凉。

树干说：去吧，去吧。我已经尽到了我的力量。你们是无法挽留的啊，纵然与你们告别使我神伤。你们应该去接受命运的锤炼。

一片又一片的落叶落下了，它们曾经是树的。现是也还是树的，却又不是树的了。

它们是它们自己。是树的过往的季节，过往的尝试，过往的儿女。又是大地的新客人，新的星外来客，新的友人。

它们也许因陌生而受疑惑的冷眼。它们也许因平凡而受不经意的遗忘。它们也许被认为枯干而被一根火柴点燃，点燃中发出短暂的烟和光。它们也许被认为美丽而藏在情人的心上。它们也许跌入烂泥而遭受践踏，终于肥了土地。它们也许被一阵大风吹入异乡。它们也许进了科学家的实验室，做成切片，浸入药液，再放到显微镜下观察分析。而过多的树叶也许会引起清洁工的腻烦，用一把大扫帚通通地把它们扫到大道旁。

太多的树叶会不会成为自己的负担呢？太多的树叶会不会使树干弯腰低头，不好意思，黯然神伤？太多的树叶会不会使树大发奇想：我为什么要长这么多的树叶呢？它们过分地消耗了我的精力和思想。如果在我这棵树上长出的不是平凡的树叶而是匕首、外汇券、奶油或者甲鱼，是不是能够派更多的用场？

树不会愿意处在自己落下的树叶的包围之中，树不会愿意再看自己早年落下的树叶。树又不能忘怀它们，不能不怀着长出新的树叶的小小愿望。

一九八八年秋十月在苏州，我问陆文夫兄："当你看自己的旧作的时候，你有什么感想？可像我一样惆怅？"

他回答说："我根本不敢看哟……"

落叶沙沙，撩人愁肠。

初　冬

当湖面上结起最初薄冰，你温柔的，可是悚然心动?

你知道，太阳一出来，冰就化了，水面上仍然泛舟。

你知道，人们会愈来愈喜欢太阳。在阴天之外，人们还有许许多多晴朗的日子。

你知道，树叶会大落特落了，落完之前，它们正在枝上灿烂得紧。

你知道鸟并不会飞光，即使是黑老鸦，也会在严冬分担你的冬日的愁闷。

你知道火炉将会生起，火焰将用它的不可捉摸的躲闪与静静的温热来挑逗你。你可以干一杯因为涨价而显得更加神异或者因为不涨价而显得更加友善的酒，让火的闪耀发生在你的身体里。

你怀念远方的朋友和亲人，你奇怪，为什么愈是你想念的人你愈少与他们联系。

你知道一年将终，而这已经不像——例如十年前那样使你惊奇，使你抗拒，使你兴奋，又使你逃避。一年，又是一年，就是一年而已。

你知道冰将逐渐冻厚起来，许多年轻人在冰上游戏。你奇怪你为什么那么早就结束了你滑冰的历史，那么早就退出了冰之天堂，又永远不忘火热的冰戏。

你觉得初冬还不是冬，而只是秋的继续，甚至是夏的继续。你觉得夏是漫长的。啊，冬也是漫长的。而一切是多么短促。当夏去秋来冬来的时候，你说不清你是在告别还是在等待。你说不清如果你等待的话究竟在等待什么。遍天飞雪？冻柿子？爬犁？冰挂？新年春节的爆竹？还是次年的拂面和风？

当第一片薄冰在初冬时节被你的眼光捕捉，正像你发现了自己的与妻子的第一绺白发。又平静，又庄严。又悲伤，又甜蜜。

旧　宅

　　五十多年前，你在这里出生学语。五十年前，你在这里嬉戏。四十年前，你在这里读书写字。三十年前，你在这里成婚。二十年前，你在这里生火炉。十年前，你搬到这里。一年前，你从这里搬出去。

　　五十年前的房子已经不存在，四十年前的住宅已经湮没。三十年前的房子已经改建重修，面目全非。二十年前的房子已经阔别久远，近况无消息。十年前的住宅、一年前的住宅，现在住着别人。住宅已经忘记了你曾经住在这里，在这里息过、想过、饮过、爱过、闹过。

　　你已经变得陌生。

　　不要到旧宅去，不要问旧宅的变迁，不要问下一次搬向何方，不要把旧宅串在一起回忆，尤其是，不要在夜里变成一只黄鼬钻进旧宅里。

　　不许。

　　你是宁静的，这就够了。

海

海是渺茫的么？烟波浩渺，令人迷失，令船迷失，令罗盘和电脑迷失。

海是狡猾的么？瞬息万变，了无痕迹。

海是庸俗肤浅的么？肮脏泡沫，泛起沉渣，承纳着所有的污染，飘起各样的腐腥气……

海是愁苦的么？尝一尝它的味道吧。

海是扬扬得意的么？吞吐日月，万道金光，浪涛拍岸，所向无敌。

海是软弱的么？连固定的形状都没有。

海是伟大的么？伟大是骗人的么？海是残酷的么？残酷是无心的么？海是主体？海是载体？海已经老了？海已经死了？海已经不适合鱼的生存？海水应该淡化？海应该被填成陆地？

都是的。微风吹来，海水漫上沙滩，它这样说。你听见了吗？

树

■■■■■■ 世界上什么最美丽？天、海、星星、山、雪花和树木。

最亲切的，随时可以看见，可以触摸，可以接受它的好意的荫庇，可以欣赏它的千姿万态，可以与它相对相悦相知，又可以与它相别相忘从此各自东西再不相识的，是树。

树没有姿态，它只不过是生长。它长得几个人围抱不住，它长得参天，但它并不能称雄，并不得意扬扬。当小鸟儿在它的枝头叽叽喳喳、跳来跳去的时候，鸟儿是那样聪明、活泼、可意，而傻大个子的树却自惭形秽，默默不语。

树没有表白。你给它挂一面牌子，是汉朝的柏，是辽代的松，是重点保护的文物，是稀有品种，是经济作物，是药用、特种工业用，是废物，是蘑菇的寄生体，是毒蛇的泪，全听命你的选取和你的评论。是因为它城府太深吗？

然而它从来没有防御。它把一切暴露在风里、雨里、热里、冷里、鸟里、虫里。即使它受到了虫蚁的蛀食，受到雷电的斩劈，受到砍伐燃烧，受到了恶言恶语，它仍然不动声色，它仍然是它自己。噢，当然，它的根、众多的根长在土里，长在黑暗的地下，痛苦地使着延伸和汲取的力气。然而它无意隐藏自己的根系。它献出来的只能是它能够献出来的自己最美的部分。你不需要知道它的根的深沉的努力。

它没有动作却又摇曳不已。它没有允诺，却又生息有定，姿态有势，自我调节，不离不弃。它没有争夺，却又得到了大自然和人的一切赐予——包括诗人的诗和画家的笔。包括蝙蝠与枭鸟的栖息。

即使它被山火烧焦，即使它被巨斧腰斩，即使它被病毒麻痹，它的种子已经撒向四方。它的风格已经留下了深刻印迹。不幸的结局也许只会增加它的魅力。

湖

　　我喜爱湖。湖是大地的眼睛，湖是一种流动的深情。湖是生活中没有被剥夺的一点奇妙。早在幼年时候，一见到北海公园的太液池，我就眼睛一亮。在贫穷和危险的旧社会，太液池是一个意外的惊喜，是一个奇异的温柔，一种孩提式的敞露与清澈。

　　那时候我没有见过海，颐和园的昆明湖对于我来说已经是浩浩然荡荡然的大水了。我每去一次颐和园，都要欣赏昆明湖的碧波，惊叹于湖水的美丽与自身的渺小。

　　是的，湖是一种美丽，是一种情意。为了陆地不那么干枯，为了人的生活不那么疲劳，为了把凶恶的海控制起来把生硬的地面活泼起来，为了你的眼睛与天上的月亮……你不觉得看到地面上的一个湖泊就像看到天上的月亮一样令人欣喜么，为了短暂的焦渴的生命中不能或缺的滋润，于是有了湖。

　　北京的西山风景区是很美的，但是太缺少湖水了。这样，对于香山静宜园"双清"的池水，对于小小的儿童乐园式的眼镜湖，我自然是情有独钟。一见到这样的水波荡漾，脸上不由得出现衷心的笑容。

后来到了新疆以后，那就开了眼啦。在乌鲁木齐与伊犁之间的天山深处，著名的高山湖泊赛里木湖曾经怎样地令人眼界开阔呀！湖水是咸的，湖水一望无际，湛蓝如玉，盘山公路傍湖而过，无数拉运木材、粮食、水泥、钢筋、百货的重型卡车从湖边走过。四周是长满枞树的高处终年积雪的山坡。时而有强劲的风自由地吹过。我在这里，感觉到一种庄严，一种粗犷，一种阔大。我不能不庆幸我终于离开了大城市，离开了那一个区一个胡同一处房子。我面对着的是一个严峻的、带几分神秘和野性的世界。这个世界里有一个巨大而晶莹的咸湖，它冷静而又尊严，凛然而又高耸地存在着。你觉得你其实只能向往它却很难有机会去亲近它。

在天山南麓的焉耆与库尔勒之间，有一个大湖——博斯腾湖，浩渺无际，芦苇丛生，坐着汽艇穿来穿去也见不到岸。据说有一个外国的总理看展览的时候看到博斯腾湖的照片甚感惊异，他说："新疆不是不靠海吗？"那宛如内陆的海，那是远古时代的海的遗留，那是对于远离大海的新疆的特殊的慰安。

在阿尔卑斯山的脚下，在芝加哥的北边，在布加勒斯特的市区，在高原墨西哥城近郊，我造访过许多湖泊。我流连忘返，我抱怨自己只能匆匆邂逅，匆匆离去，我太对不起上苍的得意创造与生活给予我的机缘。

而珠海斗门的白藤湖呢？它是一九九三年六月走入我的记忆的。这是又一种心绪，又一番风趣。它是那样亲切随和，那样为人所有为人所用。它是一种景观更是一种资源，它是一种大自然的慷慨，也是特有的风水——它象征着斗门人的、白藤湖人的无限发达的可能。度假村的修建已经开辟了新的历史。白藤湖是一个更加人化的湖、人化的自然。一九九三年我有幸在这里居住了若干天。居住在白藤湖，我觉得舒适而又平安。我觉得发展其实并不难，只要好好地做，只要不把力量放在破坏上。只要我们变得更近人情一些，更简单一些。只要我们多一点美好的祝愿，少一点恶狠狠的狼眼。

船

我崇拜一切交通工具，崇拜一切自己能动而且能负载着人运动的东西。

直到一九五八年，在我"出了事情"以后，在我已经发表过几个短篇并完成了一个长篇以后，在我已经早就是共青团的干部并有十年以上的革命"经验"以后，我曾经梦想从此改行到火车上做列车员。

我觉得列车员的工作是神奇的工作。他总是不停，他半夜也在奔跑。每一个车站都和前一个车站不一样，而更新的车站，更新颖的城市和乡村在前面等着他。当睡眼惺忪的旅客摇来晃去的时候，当我国的绝大多数城乡居民酣睡沉沉的时候，当检车工用大小榔头敲了一遍车轮和车轴以后，他——列车员，是清醒的列车的守卫者，他在暗夜中观察着山峦、河谷、道路、桥梁，观察着头顶上的星。一颗星离他越来越远了，另一颗星却正向他眨眼，迎接他的靠拢。

最主要的是他拥有比你我大几倍、几十倍、几百几千倍的空间和距离，也就有那么多倍的生活。不是至今仍然有人一辈子不出自己的村，一辈子不肯、不敢，死乞白赖地不离开自己待着的那个城市市区吗？对于别人是远在天边的、不可思议的、令人发怵或是吃惊的那些地名，对于列车员来说，不就像是他家的房前屋后吗？

至于船，截止到80年代，真正的船还只出现在我的梦里、爱唱的歌曲里，儿时的稚气的画里。

> 从前当我少年时，
> 鬓发未白气力壮，
> 朝思暮想去航海，
> 越过重洋漂大海，
> 但海风使我忧，
> 波浪使我愁。
> 啊……
> 我多恼故乡其水流溅溅。

我不知道这是一首谁作曲、谁作词、谁翻译的歌。这歌词显然翻译得古老而且生硬，但这首歌曾经使我多么感动啊。

新中国成立初期，我看过一部描写知识分子思想改造的长篇小说《动荡的十年》，小说结尾是改造了十年的主人公在听到这首歌的时候又蓦然心动了……这证明，他需要改造的东西还多着呢。

多有趣，这证明，这首歌的确是有力量的呢。

上小学的时候，有一次劳作课的作业是叠一只纸船，我叠了又叠，越想叠好就越叠不好。那船就像江南的小木船，两边各有一个篷子，为了遮雨。不知是不是鲁迅先生描写过的乌篷船。我终于没有完成我的纸船，我急出了眼泪，眼巴巴看着同学们一个个以自制的船只乘风破浪地出航，而我却造不出一只船来。

仿佛后来有一位长辈送给过我一艘高级的玩具船。船身是金属做的，漆着彩漆，用火柴把船的"发动机"点着，船就能够航行啦。

我端来一大瓦盆水，我的兴奋的心情如哥伦布将要驶往新大陆或麦哲伦，将要开航绕地球一周。"发动机"终于点着了，突突突的响声持续了五秒钟，船"航行"了五厘米，"噗"的一响，机器坏了，从此，它便成了一艘失去了动力、不能动、连打转也不能的死船。哥伦布与麦哲伦的伟大的梦破灭了。

后来船就不见了，锈了？坏了？扔了？丢了？我记不清。

终于，我也记不清究竟这儿时的伟大航行的悲哀故事是实有其事，还是出自自己的虚构了。写小说的人也会遇到报应，老是虚构一个一个的故事去赚取（就不说是"骗取"了吧）读者的眼泪与笑容，最后，说不定糊里糊涂地自己虚构起自己的事来了。

新中国成立以后，到我"出事情"以前，我的船是北海与什刹海的小游艇。我和我所"领导"的共青团员们常常在那里过团日，划船。我觉得我划船的技术很不错，可以转硬弯，可以两手同时划，两手交错划，可以两只桨划一个方向，也可以划相反方向。

去过南方的同志讥笑北海的游船是"瓜皮小艇"，我听了很不服气。瓜皮小艇又怎么样呢，我们想着全中国，想着世界革命。

我的歌声飞过海洋，

爱人啊你别悲伤，

国家派我们到大海上，

要掀起惊天风浪。

　　这是一首苏联歌，共青团员们爱唱的。我们不再唱"海风使我忧，波浪使我愁"了，我们是将要掀起惊天巨浪的一代。

　　后来瓜皮小艇翻了船，果然只不过是瓜皮小艇。后来我来到了瀚海。沙漠之船的称号也是有的，那是指骆驼。新中国的瀚海里不仅有骆驼，也有牛车、马车、火车、汽车。不仅火车是可以连夜移动的，在新疆，汽车也有时连夜开，开到午夜两点半钟，司机累极了，便跳下汽车，躺在沙石戈壁上，摊开四肢，睡到天发亮，再开。当然，那是夏天。我乘过这样的车，如船在瀚海上漂游。

　　直到80年代，我才和海上的、河上的，也包括陆上的（车）和天上的（飞机）船们结下了不解之缘。那时候，我们中华人民共和国这条大船，已经行驶在新的广阔得多也平稳坦荡得多的航道上了。

　　最难忘的是南海之旅，救生艇、运输艇、炮艇、猎潜艇和鱼雷快艇，我们和海军同志一起站立在指挥台上，高唱着刘邦的《大风歌》，劈开紫缎一样闪闪发光的南海海面，在海鸥和飞鱼的包围之中，在迎风招展的八一军旗的感召之下，环绕着南海与西沙诸岛，进行了一次又一次的航行。晕船要什么紧？呕吐要什么紧？大风大浪四十五度摇荡要什么紧？那才是爱国男儿的滚烫的生命之船，热血之船，乘风破浪的必胜之船。人站在这样的船上，全中国装在这样的船上的人的心里。

晚一点了么？在我将近五十岁的时候，我开始懂得了不像梦幻中的船那样脆弱、不像公园里的船那样旖旎和小巧、不像沙漠里的船那样拙笨和缓慢的另外一种船，巨大、坚强、英勇，踏长风、奔大海，勇敢而又沉着地前进。

而今大，是在长江的航船上。雨后初晴，春意如酒，桃红柳绿，阡陌纵横，鸥鸟飞翔，清风振荡。船上平稳、舒适、安详，这是一首成熟了的江轮进行曲。老船工告诉我，他在江轮上做工已经四十五年。

但发动机是不敢懈怠的，发动机一刻不停地、激动地，细听起来有时甚至是愤怒地工作着，掌船的人又是那么谨慎而老练，他们带动着全船向前。

清明的心弦

　　我喜欢北方的初冬，我喜欢初冬到郊外、到公园去游玩。

　　地上的落叶还没有扫尽，枝上的树叶还没有落完，然而，大树已经摆脱了自己的沉重的与快乐的负担。春天它急着发芽和生长，夏天它急着去获取太阳的能量，而秋天，累累的果实把枝头压弯。果实是大树的骄傲，大树的慰安，却又何尝没有把大树压得直不起腰来呢？

　　现在它宁静了，剩下的几片叶子什么时候落下，什么时候飞去，什么时候化泥？随它们去。也许，它们能保留在整个的冬天，待到来年春季，归来的呢喃的燕子会衔了这经年的枯叶，去做巢。而刚出蛋壳的小雏燕呢，它们不会理会枯叶的琐碎，它们只知道春天。

　　湖水或者池水或者河水，凌晨时分也许会结一层薄冰，薄冰上有腾腾的雾气，雾气倒显得暖烘烘呢。然后，太阳出来了。有哪一个太阳比初冬的太阳更亲切、更妩媚、更体贴呢？雾气消散了，薄冰消融了，初冬的水面比秋水还要明澈怡远，不再有游艇扰乱这平静的水面了，也不再有那么多内行的与二把刀的垂钓下钩者的贪婪。连鱼也变得温和和秀气了，它们沉静地栖息在水的深处。

地阔而又天高。所有的庄稼地都腾出来了，大地吐出一口气，迎接自己的休整，迎接寒潮的删节。当然，还有瑟缩的冬麦，农民正在浇过冬的"冻水"，水与铁锨戏弄着太阳。场上的粮食油料早已拉运完毕，稀稀拉拉的几个人在整理谷草。在初冬，农民也变得从容。什么适时播种呀，龙口夺粮呀，颗粒归仓呀，那属于昨天，也属于明天。今天呢，只见个个笑脸，户户柴烟，炕头已经烧热，穿开裆裤的小孩子却宁愿待在家门外边。

这时候到郊外、到公园、到田野去吧，游人与过客已经不那么拥挤。大地、花木、池塘和亭台也显得悠闲，她们已经没有义务为游人竭尽全力地展示她们的千姿百态。当她们完全放松了以后，也许会更朴素动人，而这时候的造访者，才是真正的知音。连冷食店里的啤酒与雪糕也不再被人排队争购，结束了她们的大红大紫的俗气，庄重安然。

到郊外、到公园、到田野去吧，野鸽子在天空飞旋，野兔在草棵里奔跑。和它们一起去告别盛夏和金秋，告别那喧闹的温暖，去迎接漫天晶莹的白雪，迎接盏盏冰灯，迎接房间里的跳动的炉火，和火边的沉思絮语，迎接新年，迎接新的宏图大略，迎接古老的农历的年。二踢脚冲上青天，还有一种花炮叫作滴溜，点起来它就在地上滴溜滴溜地转。

初冬，拨响了那甜蜜而又清明的弦，我真喜欢。

忘却的魅力

　　记忆是美丽的。我相信我有出色的记忆力。我记得三岁时候夜宿乡村客店听到的马匹嚼草的声音。我记得我的小学老师的面容，她后来到台湾去了，四十六年以后，我们又在北京重逢。我特别喜欢记诗，寂寞时便默诵少年时候就已背下来的李白、李商隐、白居易、元稹、孟浩然、苏东坡、辛弃疾、温庭筠……还有刘大白的新诗：

　　　归巢的鸟儿，
　　　尽管是倦了，
　　　还驮着斜阳回去。

　　　双翅一翻，
　　　把斜阳掉在江上；

　　头白的芦苇，

　　也妆成一瞬的红颜了。

　　记忆就是人。记忆就是自己。爱情就是一连串共同的、只有两个人能共同分享的刻骨铭心的记忆。只有死亡，才是一系列记忆的消失。记忆是活着的同义语。活着而忘却等于没活。忘却了的朋友等于没有这个朋友。忘却了的敌意等于没有这个敌意。忘却了的财产等于失去了这个财产。忘却了自己也就等于没有自己。

　　我已不再年轻，我仍然得意于自己的记忆力。我仍然敢与你打赌，拿一首旧体诗来，读上两遍我就可以背诵。我仍然不拒绝学习与背诵新的外文单词。

　　然而我同样也惊异于自己的忘却。我的"忘性"正在与"记性"平分秋色。

　　一九七八年春，在新疆工作的我出差去伊宁市，中间还去了一趟以天然牧场而闻名中外的巩乃斯河畔的新源县。一九八二年，当我再去新疆伊犁的时候，我断然回答朋友的询问说："不，我没有去过新源。"

　　"你去过。"朋友说。

　　"我没去过。"我摇头。

　　"你是一九七八年去的。"朋友坚持。

　　"不，我的记忆力很好……"我斩钉截铁。

　　"请不要过分相信自己的记忆，那一年你刚到伊犁，住在农四师的招待所即第三招待所，从新源回来，你住在第二招待所——就是早先的苏联领事馆。"朋友提醒说。

我一下子蒙了。果真有这么一回事？当然。先住在第三招待所，后住在第二招待所，绝对没错儿！连带想起的还有凌晨赶乘长途公共汽车，微明的天色与众多的旅客众多的行李。那种熙熙攘攘的情状是不可能忘记的。但那是到哪里去呢？到哪里去了又回来了呢？似乎看到了几间简陋的铺面式的房子。那又是什么房子呢？那是新源？我去了新源？我去做什么去了呢？为什么竟一点儿也不记得？

一片空白，全忘却了。

不可思议。然而，这是真的。新源就是这样一个我去过又忘了等于没有去过的地方。这比没有去过，或者去了牢牢记住然而没有机会再去的地方还要神秘。

我忘却的东西越来越多了。一篇稿子写完，寄到编辑部，还没有发表出来，已经连题目都忘了（年轻时候我甚至能背诵得下自己刚刚完成的长篇小说）。当别人叙述一年前或者半年前在某个场合与我打交道的经过的时候，我会眨一眨眼睛，拉长声音说："噢……"而当我看到一张有我的形象的照片的时候，我感到的常常只是茫然。

感谢忘却：人们来了，又走了。记住了，又忘却了，有的压根儿就没有记。谁，什么事能够永远被记住呢？世界和内心已经都够拥挤的了，而我们，已经记得够多的啦。幸亏有忘却，还带来一点好奇，一点天真，一点莫名的释然和宽慰。待到那一天，我们把一切都忘却，一切也都把我们忘却的时候，那就是天国啦。

风格散记

潇　洒

　　一株挺拔的树在风里自然地飘摇，它没有固定的姿态，却有一种从容，一种得心应手的自信，一种既放得开又收得拢，既敢倾斜又伸得直，既不拘一格，千变万化又万变不离其宗的本领，不吃力，不做作，不雕琢，不紧张，不声嘶力竭，我们说，这是潇洒。

　　潇洒是一种心态，一种精神，一种拿得起放得下的豁达，是一副饱经沧桑而又自得其乐的欢愉。

　　潇洒是一种火候，是一种迅速的推移，转化和移动。在这个火候上，如流水之无首尾，如流星之划破夜空，说来就来，说走就走。

　　一株花，独独有一枝伸展了出去，花朵欲飞不止，这是潇洒。

　　鱼在水中游，鸟在天上飞，马在原野上奔跑，这是潇洒。游着，飞着，跑着，戛然而止，这也是潇洒。

跳水的运动员，高难动作，十分熟练，似乎全不吃力，也是潇洒。

失败了，流泪了，掏出手绢，终于抑制住了自己，破涕为笑，同样地向胜利者投掷鲜花，这也是潇洒。

所以潇洒也是一种风度，一种胸襟，一种大度，一种精神的解放，一种必然王国到自由王国的飞跃。

机　智

机智也是一种美，是用一种最简练的语言、最生动的方式、最直接的对事物本质的揭示。

机智的语言一句可以驱散一片雾。

机智是一种回答，对钻牛角尖的人、无知的人、有意无意地要为难谁的人的回答。

机智是对世界的一种主动。恼人的问题是够多的了，压向我们的挑战是够多的了，但机智使人们变被动为主动，反守为攻。机智是一种反击，永远把主动权掌握在自己的手里。

机智常常是一种比喻，一种"亏他想得出"的深入浅出的例证。把两个最不相干的事物拉在一起，结果各自呈现了真实。

机智常常是一种夸张，只夸张了半毫米，一切便现了原形。

机智也是一种苦恼，它的每一次回答都提出一个新的问题。能够机智地对待对象的人也能够机智地对待自己，使自己的一切缺陷和弱点无法隐遁。

所以真正机智的人都敢、也都爱自嘲。

机智是一闪一闪的光辉。

幽　默

幽默是一种酸、甜、苦、咸、辣混合的味道。它的味道似乎没有痛苦和狂热强烈，但应比痛苦和狂欢还耐嚼。

幽默是一种亲切、轻松、平等感。装腔作势、借以吓人是幽默的对头。

幽默是一种成人的智慧，是一种穿透力，一两句就把那畸形的、讳莫如深的东西端了出来。它包含着无可奈何，更包含着健康的希冀。

幽默是一种执拗，一种偏偏要把窗户纸捅破、放进阳光和空气的快感。

幽默的灵魂是诚挚和庄严，我要说的是：请原谅我那幽默的大罪吧，也许你们能够看到幽默后面那颗从未冷却的心。

激　昂

最激昂的话往往是低声说的。也许更加激昂的时候完全失去了声音。

电闪雷鸣当然是激昂的，但我也往往震惊于那久旱的龟裂的土地，那土地的裂纹，那才叫激昂呢！

激昂是水到渠成，有时候是缓缓地发展的结果。

激昂又是突然的一击、一翻、一次灵魂的突然高扬。激昂是一次牺牲，一次慷慨就义。

激昂是一种不顾一切的傻气，没有一丝灵气的人是可笑的。没有一丝傻气的人是可悲，有时候是可厌的。

激昂也要有自知之明。战马的激昂令人感奋。青蛙的激昂令人捂耳朵。真正激昂的人一定不会意识到自己在激昂，一定不承认自己激昂起来了，分明地意识到自己正在慷慨激昂的人多半是在表演激昂。

清　明

像秋水长天，像收割后的土地，像阳光下的落尽了树叶的冬天的枝干。

首先是一颗清明的心，删去心里的一切庸俗的、烦琐的、混乱的、粘连的杂念。

删去一切的多余。多余的计较，多余的嗟叹，多余的眼红，多余的纠纷，多余的闲言，多余的打扮。

删去了一切多余之后生活便活灵灵地凸现。晴川历历汉阳树，明月出天山，清水出芙蓉。冬天到了，春天还会远吗?

痛　苦

痛苦并不悲观。

痛苦是永远的追求，是永远的焦渴，是创造的火焰。

痛苦是灵魂的焦渴，是对劳动和友谊的呼唤。是直至海枯石烂不能解脱的爱情。

痛苦是天真和赤诚，是百折不挠的理想和毅力，是永远的不自满。

痛苦是一次接一次的失败，一个接一个的创伤，痛苦是鲜红的伤口、血、神经、咬紧的牙关、前额上的汗。

痛苦是牺牲的决心，痛苦是献身的庄严。

痛苦孕育着希望、新生、新的高峰、光明。

真正懂得痛苦的人脸上呈现着庄严的笑容。叫苦连天的人只有怯懦和牢骚，却没有痛苦。

痛苦就是热情，痛苦就是燃烧。当木柴燃烧的时候，它承受的焦灼煎熬的痛苦，它流出黑色的泪水，它献出金色的火焰的欢腾。

含　蓄

含蓄是一种技巧。以一当十，言简意赅。

含蓄是一种智慧。它能看透并抓住事物最本质的方面，它能看透并抓住纷纭的、千变万化的众相中的共同性的东西。"一说就明"的根基在于"一点就透"。

含蓄是一种追求。言语永远是有限的，意趣却是无限的。只有懂得无限、感受到无限的人才能懂得并感受并去实行以有限的言语去追求无限的意趣。于是才有含蓄。

含蓄是一种风格，是一种礼貌、文明、深沉、文雅、婉约，决不那么浅薄、粗鲁而且咋咋呼呼地强加于人。

含蓄甚至是一种品德，尊重别人也尊重自己，尊重世界、尊重历史也尊重文学，因此永远不要喋喋不休。

含蓄是一种爱惜，一种珍重，一个恰到好处的微笑。

赤　诚

可以有各样的作家，各样的作品：文采风流的，气吞山河的，谈笑风生的，多愁善感的，花团锦簇的，语不惊人死不休的，哭天抹泪的，捶胸顿足的，仪态万方的，扭捏作态的……

但读者首先需要的是作者的赤诚。

不但有自觉的"做状"、迎合、表白、隐晦、面具、脂粉，而且有多少不自觉的躲藏！

甚至可以"做赤诚状"，装疯卖傻，丑话丑说，口涎四溅，真假莫辨！

但是，你总得有那么几次，掏出你的心，敞开你的灵魂，发出你的呼号，才有真的人生，真的爱憎，真的文学！

去掉一切庸俗的计较吧，哪怕敞开的灵魂赢来了不止一个方位的明枪暗箭！人能有几次大敞灵魂！

只有赤诚才能唤起赤诚，这本身就是最大的报偿。再说别的，便是多余。

神　秘

贾宝玉的脖子上挂着一块通灵宝玉。大海有无尽的波浪和潮汐。景山古槐干枯多年之后突然发出了新枝。夏夜的流星，从无到有又从有到无。一个人生下来，几十年悲欢离合、爱爱仇仇，然后带着无尽的思绪愿望匆匆辞世。一朵小花，一只小虫以及一个太阳系，一个与几个银河系。夜静更深时候的风吹来的话声笑声……

你永远不可能穷尽，永远不可能完成，永远不可能大功告成。不论是艺术还是科学，不论是权力还是财富，不论是理想还是肉欲。

无限是不可观照、不可想象、不可思议的。无限又是观照、想象、思议的必然产物，无法逃避的一个终结——无终结。

艺术也是一种桥梁，连接着人们的渺小的躯体与无穷的热情，无穷的世界和天空，无穷的历史。

艺术是伸出来的手。向着永恒，向着无穷。

神秘感也就是无穷感。言有尽而意无穷。生有尽而知无穷。技有尽而道无穷。解释有尽而奥妙无穷。

神秘就是差异，就是不等式。形象不等于思想，思想不等于形象，孪生姐姐不等于妹妹，妹妹不等于姐姐，在形象与思想之间，在孪生姐妹之间，互相都对应以神秘。

在有限与无限，必然与偶然，人类与非人类，太阳与月亮，动物与植物，东方与西方之间。

神秘是一种灵性，一种艺术家或者思想家的气质。一种热情、遐想、趣味、寻觅。

神秘是一个惊叹号，对于——一切。

神秘是一种光辉。至少是一种光泽。

神秘是永远的不自由，更反衬出帮助人们进入自由王国的科学、知识、技术、经验的可贵。

神秘当然不是糊涂，也不是迷信。神秘不过是或而向超越地平线的地方投去的一瞥。

这一瞥不是从漆黑的夜投向夜的漆黑，而是寻找着、感知着拂晓时的万里霞光。

老 辣

从来不说一句废话的人有一种威严（所以大政治家也喜欢说两句没有用的话以示亲切）。

没有一个多余的字的文章是威严峻厉的。

从来不夸张，从来不抒情、不叫喊、喜怒不形于色的人比大吵大闹的人厉害得多。

不要求读者接受什么，那样专于精确客观的叙述，似乎全忘了读者的存在——这样的文章反而是无可抗拒的。

每个向读者有所求——共鸣、理解、赞赏、同情的眼泪……的作家都在暴露自己的弱点。就像伸出了讨钱的手一样。

更不要说向"上"要求赏识了。

专心于自己的叙述，对读者一无所求的作家——读者却往往五体投地。

真正厉害的人从来不暴跳如雷，从来不用泼污水。

真正厉害的作品宽容地描写一切。都是好人，都正常，没有盗贼，没有小丑，没有偶然事故。

然而，冷峻的发展无可更易。

这才像一把钢刀一样地刺入了读者的灵魂。

而且不落泪，不狂呼，不装扮，不引用新名词，不发高论，不俏皮，不上纲，不过激。

因为不屑。

闹　剧

这里说的当然不是廉价的噱头。

这里说的是对人生的一种把握。

人生是什么？是诗，是散文，是连续剧，是正剧，是悲剧，是喜剧……是一切。

也是闹剧。是过来人的超脱，是站在高处的俯瞰，是对寂寞与孤单的对抗，是不可救药的乐观与不可救药的骄傲的混合，是悲天悯人的长叹。

从正剧中看出闹剧的人是勇士，是智者。却又未免冷眼旁观。

以闹剧显示真正的人生，从闹剧中看出正剧来的是仁人志士，是至善至诚。

闹是人生的重要的活动形式之一。小孩子是喜欢闹的，闹是一种赤子之心。

掌握闹的规律、闹的音响、闹的气势吧，表现闹的可爱、可笑、可悲、可喜吧。

谁让我们有一个活泼的、好动的、嬉闹跳跃的灵魂。

奔　腾

大河奔流，一泻千里，挟泥带沙，挟鱼带虾，无尽无休。

万马奔腾，马蹄嗒嗒，你涌我上，你嘶我鸣，尘土飞扬，遮天蔽日。

如井喷，如雪崩，如泥石流，如解冻的、冰块相撞击咔咔作响的冰河，如戈壁滩上的卷起万丈黑沙柱的旋风。

关键在于一种势能，一种潜能的释放，一种思想、情感、智慧的内压强，一种不可阻挡的艺术的激情，艺术的力量。

而在这种情况下挖掘了一条生活的渠道，一条题材的渠道，于是有了落差，有了动能，甚至能推动涡轮发出电、光、热。

自以为是的论者以为这太随意了，太缺少雕琢了。然而这个随意的"意"即是千金难求、踏破铁鞋无觅处的，没有高屋建瓴的气势，没有超拔卓越的见识，没有积蕴久长厚实的情感，没有丰富的经验阅历，你倒随一下"意"试试，不但泥沙鱼虾冲不下来，电发不出来，连湿润一巴掌地皮的几滴水也流不出。

宁要随意的奔腾与奔腾的随意，不要枯涩的雕琢与雕琢的枯涩。

清　新

好像是儿童的眼光。好像是初恋的心绪。好像刚刚下过了一场洗涤世界与洗涤灵魂的雨。好像突然打开了封闭多年、混沌沉闷的窗户。好像清冽的山泉汩汩流过。好像早晨深深地吸进的第一口空气。

它就是清新。它就是诱人的鲜活生动。它就是色泽、形状、嘹亮的歌喉。它就是永远的不衰的兴味、好奇与遍及一切大小事物的情趣。它就是小草，它就是雪花，它就是翠柳上的黄鹂。它就是呼吸。它就是生命自己。

有生命的文字永远在你耳边呼吸，无须借助话筒和扬声器。没有生命的文字则只不过就是僵尸，无论怎样打扮穿衣。

清新就是爱，就是兴致勃勃，就是生命的永远的发展与更新的活力。清新使一切司空见惯的事物那样生机盎然，美丽新奇。

温　馨

是朝霞也是落日，是星辰也是灯光。是儿童的柔弱也是成人的善良，是始终不能泯灭的对于青春和爱情的记忆。

即使血与火、风与浪铸就了心的钢铁般的坚强，这里面仍然有一根柔软的弦。即使只是曾经有过这样一根弦也罢，你无权因为这根弦许久没有颤抖过便断定它不再颤响。

是道德和良心？是同情和怜悯——谁说怜悯总是包含着轻蔑？是一杯暖人肝肠的酵酒。是对失眠者的额头的抚摸。是梦里的飞翔着的安琪儿。是对疲倦的旅人的一声问候：你好！

虽然千辛万苦，我们觉得还是想活下去。你甩不开。你割不断。你仍然觉得很值得。你的眼泪仍然烫着你。

是邂逅的机缘。是重逢的欢欣。是离别的挥手。是新生儿的没日没夜的令人心碎的啼哭。是珍藏的褪了色的照片。甚至只是一朵牵牛花，一只小鸟，一只喵喵地叫着吻你的裤脚的猫。

却也可以是成熟的宽容，是饱经沧桑以后的和解，是一种遗憾、叹息、忏悔，是一种宁静、自信、友谊。

秋天的树叶，不也可以和春天的花朵一样灿烂吗？

雄　浑

清水是可爱的，浑水却更加饱满雄奇。

你楚楚动人的花鸟，你喁喁私语的恋人，你历历如画的山水，却怎比得上你的狂风浊浪，你的浓烟滚滚的火焰，你的布满伤疤和焰印的不屈的肉体和灵魂?

你是大海。你要水，可不仅是朝露，不仅是梅花瓣上的融雪，不仅仅是各样的清流。你也从没有抗拒过泥土、盐、各种矿物、植物、动物乃至它们的腐烂。你能包容一切和消化一切，而你仍然是海，永远是海，永远有平静的无涯、有狂怒的冲撞，你永远不会变成小溪流，永远不会变成金鱼池，当然不会变成臭水塘。

它有美的魅力，却比美自身坚强。它有童心的纯真，却比纯真更丰富。

它有爱的善良，却比爱和善良更有力。它有沸腾的热血，却比一切热血更威严。

它不可摧毁，因为它已经被摧毁过。它不怕歪曲，因为你至多只能歪曲它的微乎其微的一部分，却无法歪曲它的全体，说不定你的微乎其微的歪曲只是增加了它的一朵奇妙的浪花。它不怕污秽，因为它在运动中排除着和转化着污秽，它的强大的生命既能抵抗也能利用污秽。有了污秽才有了那么多海草和鱼。它不怕明枪暗箭，甚至明枪暗箭也充实了它的仪态，开阔了它的心胸，点缀了它的风光。

它就是宇宙，它就是社会，它就是你、我、他，它就是全历史，全人生。它就是美与丑、善与恶、真与伪的概括、熔炼、揭示、升华和再造。

它正对着你，不含笑也不含泪，不血淋淋也不甜蜜蜜；既有笑也有泪，也有血也有蜜，和——万有。

它胜利了。

豁　达

说的是那种彻悟，那种远眺的悠然，那种顽强，那种精神的自主和自由。

而不是欲说还休的吞吐，麻木不仁的傻气，自吹自擂的醉志。

说的是对私欲私利的恬淡。是海水深处的平静。是大河的稳重。是大山的峃然。是天空的无言。是悲天悯人的鸟瞰。

超然而不旁观。清爽而不冷漠。有所不为是为了大有为。有所不动是为了不轻举妄动。

常年流泪的人是结膜炎而不是多情。豁达者才是有泪不轻弹的男儿。常年咋呼的人多半自身倒是胆小鬼。常年激动的人多半需要吃镇静剂。

豁达不是目的，不是结局，而是准备、是帮手。淡化的目的是为了那浓重的进击。豁达的后面才是强力。

单　纯

如水之过滤，如蝉之蜕皮，如刹那的忘却——忘却了才能记起，记起那久久被遗忘了的宝贵的情致。

唯有善良，始有单纯。唯有自然，始有单纯。唯有高尚和智慧与情操，才甘愿做那近乎荒谬的善良和单纯的文和事。到头来，于是才知道真正荒谬的是不单纯与不善良的丑恶。

有儿童的单纯也有老人的单纯。儿童的单纯是天性，老人的单纯或是智慧，是更上一层楼又一层楼的谦虚。

单纯也是无畏。无畏方能无伪。

单纯是一切事物存在的最快乐的形式。单纯就是快乐。单纯就是不设防。单纯就是秩序。

单纯是一只鸟，你想捉它，它就飞去。单纯是一枝花，你折下它，它就枯萎。于是你才明了，单纯原来就是你自己。

空　灵

不是出世的逃避而是入世的精微。不是弱者的无奈而是强者的胸有成竹。不是有闲者的无聊点缀，而是工作者的从容一瞥。

体察精微方能有所抽象，胸有成竹始能摆脱庸俗，从容的一瞥却看到了更久远和广大的世界，更细小和微妙的瞬间。

是深思也是直感，是童心也是哲理，是无所指也是有所为，是空灵却也是斑驳的现实。

是斑驳的现实的常常被忽略的另一端。是巨大的容括却也是偶尔的发现。是苦苦的寻求却也是得来全不费工夫的神来之笔。是一种提炼，一种表现的方式，也是一种补偿。

是一种启示，一个教训，一个不可磨灭的印象，一颗流星，一枝橄榄，一阵清风，一个美妙的梦。是一个万能的容器，一种普遍的存在形式，一种人与天（宇宙）的无形的契合，一种奇妙的感应，一个我们都好像理解却又永远猜不透的谜语。

朦　胧

你可能披上了各种恶名。你可能有各种过失。你可能被各种人所用，所爱憎。

你无法解释你自己，保护你自己，因为你朦胧。因为你朦胧，所以你不需要解释和保护。因为你朦胧，所以你既无法被赞扬，也无法被伤害。他们赞扬的不是你，伤害的也不是你，而是他们要找的你身后的那个友或者敌。

也许你只不过来自自然的表象，来自光的折射、反射、衍射的日常印象。也许你来自心灵深处，你老想探索一点心灵的秘密。也许你的罪是你的好奇心造成的？你不该知道那么多秘密？

接近一次，让我们再接近一次吧，那难以接近、难以把握，更难以表述的心境意境。有的人一辈子为自己树立了一道与朦胧的意境隔开的墙，永远不理解你的美丽。只是不要从而流连忘返，从而走失，从而忘记了朗朗乾坤和清明世界，从而钻牛角尖和作茧自缚了自己。

自　然

自然就是朴素，自然就是明白，自然就是单纯，自然就是真功夫。

行云流水，无踪无迹，有文气贯之，有意贯之，有真情贯之，有自然贯之。

自然就是真情。自然就是了然于心，得心应手。

自然最舒适。自然最养生。然而自然不是木然，不是自私地自欺欺人。自然的舒适是胸襟坦诚者不必乔装打扮自己的任何喜怒哀乐的舒适，是敢于见阳光的舒适。自然的养生是睁着眼的乐观者的养生。

有技巧却没有匠气。有小术却更有大道。有起承转合却看不到惨淡经营者的紧皱的眉头。有修辞却看不到炼字炼句者的苍白的面孔。圆熟而不油滑。丰赡却不卖弄。动情而不絮叨。思辨却没有"端"起肩膀。

所以说，自然是一种"度"。恣肆而又节制的"度"。是事物与人心具有的本身的分寸感。于是乎，自然便又成为经验、文化和修养的产物了。

我为什么写作

从一九五三年深秋那个晚上我提起笔来开始写《青春万岁》初稿的最初几行字的时候算起，已经是四十多个年头了。

我为了我们的国家、社会、生活更加美好而写作。我为什么写作？它的答案与为什么革命为什么活着是一样的。

我爱生活，我叹息一切美好的瞬间的短促。只有文学才能使美好的瞬间与永恒连接起来。

文学是一种特殊的记忆形式。文学就是怀念，文学就是复苏，文学就是青春，文学就是人生的滋味，文学就是余音绕梁三日不绝。文学就是生命所剩余的一切。

至少我有理由指望，我的作品会比我自己更长久。我已经不在的时候，也许有一个青年会为我的某一篇散文而微笑，也许有一个少女会为我的某一篇诗歌而动容，也许有一位长者会为我的某一篇小说而煎熬。单是这样想一想就已经够让人激动的了。

至少我有理由希望，我的作品会比我自己走更远的路。我的作品会走进我还没有机会走进的房子，我的作品会说我还不会说的话，我的作品会有比我自己更宽阔的胸怀和臂膀，拥抱我们的这个星球，拥抱我们的这个世界，拥抱那个叫作人的同类。

至少我有理由希望，在写作的时候我能比自己还要好一点，聪明一点，丰富一点，有时候更执着一点，也有时候更豁达一点，因为我太平凡了，我是有太多的缺点以至于缺陷。我不满意于自己，我已经没有办法再重新投胎一次，生活一次，我只能在写作里得到一些校正与补偿。

我喜欢语言，也喜欢文字，在语言和文字中间，我如鱼得水。语言和文字是我的比人民币和美金更重要的财富，我要积累它们，更要使用经营——有时候是挥霍浪费它们。

我喜欢你也喜欢他，只有在写作当中，我们才得以相识，相交，成为朋友。而如果没有朋友，我们是多么孤独呀！

我喜欢写作还因为我并不是总是快乐的。谁能回避那些沉重的不愉快的甚至于可怕的事情呢？然而当这一切经验都变成为文学的契机的时候，人生就比较能够忍受了。

文学使往日重新鲜活，文学使黯淡变成趣味——至少是自嘲，文学使痛苦焕发辉煌，文学使灰烬蓬勃温热。文学使有所作为者尽情发挥，文学是仁人志士的战场、十字架至少是试验场；文学又是智者弱者无所作为者孤独者清谈者自大狂自恋狂胆小者规避与逃遁者的一个"自欺欺人"的游戏——避难所。

文学是有为更是无为。文学是有为的无为，无为的有为。

　　文学是一种快乐。文学是一种疾病。文学是一种手段。文学是一种交际。文学是一段浪漫。文学是一种冒险。文学是一种休息。文学是上帝。文学是奴婢。文学是天使。文学是娼妓。文学是鲜艳的花朵。文学是一剂不治病的药。文学是一锅稀粥。文学什么都是也什么都不是。

　　最后，我写作还因为我是王蒙。我只能是王蒙，我希望我是王蒙。所以我只能写作。所以我还要一页一页一篇一篇一本一本地一再写下去。我愿意放弃这和放弃那，但是我不能放弃写作。请原谅了，再一次地请求原谅了。

　　阿门。

在声音的世界里

　　我至今忘记不了孩提时代听到的算命瞎子吹奏的笛声。寒冷的冬夜，萧瑟的生活，一声无依无靠的笛子，呜咽抖颤，如泣如诉，表达着人生的艰难困苦，孤独凄清，轻回低转，听之泪下。不知道这算不算我这一生的第一节音乐课。

　　我慢慢知道，声音是世界上最奇妙的东西，无影无踪，无体积无重量无定形，却又入耳牵心，移神动性，说不言之言，达意外之意，无为而无不有。

　　我喜欢听雨，小雨声使我感觉温柔、静穆、和平，而又缠绵、弥漫、无尽。中雨声使我感到活泼、跳荡、滋润，似乎这声音能带来某种新的转机、新的希望。大雨声使我壮怀激烈，威严和恐怖呼唤着豪情。而突然的风声能使我的心一下子抽紧在一起，风声雨声混在一起能使我沉浸于忧思中而又跃跃欲试。

　　我学着唱歌，所有的动人的歌曲似乎都带有一点感伤。即使是进行曲、谐谑曲，当这个歌曲被你学会，装进你的头脑，当一切都时过境迁的时候，记忆中的进行曲不是也会随着时间的流逝而变得越来越温柔吗？即使是最激越、最欢快的歌曲，一个人唱起来，不也有点寂寞吗？一个真正的强者，一个真正激越着和欢快着的人，未必会唱很多的歌。一个财源茂盛的大亨未必会去写企业家的报告文学。一个成功的政治家，大约不会去做特型演员演革命领袖。一个与自己的心上人过着团圆美满的夫妻生活、天长地久不分离、人丁兴旺、子孙满堂的人，大概也不会去谱写吟唱小夜曲。

莫非，艺术是属于弱者、失败者的？

我喜欢听单弦牌子曲《风雨归舟》，它似乎用闲适并带几分粗犷的声音吐出了心中的块垒。我喜欢听梅花大鼓《宝玉探晴雯》，绕来绕去的腔调十分含蓄，十分委婉，我总觉得用这样的曲子作背景音乐是最合适的。河南坠子的调门与唱法则富有一种幽默感，听坠子就好像听一位热心的、大嗓门的、率真本色中流露着娇憨的小大姐的白话。戏曲中最让我动情的是河北梆子，苍凉高亢，嘶喊哭号，大吵大闹，如醉如痴。哦，我的燕赵故乡，你太压抑，又太奔放；你太古老，又太孩子气了。强刺激的河北梆子，这不就是我们自己土生土长的"滚石乐"吗？

青年时代我开始接触西洋音乐了，《桑塔露琪亚》《我的太阳》《伏尔加船夫曲》《夏天最后的一朵玫瑰》《老人河》，所有的西洋歌曲都澎湃着情潮，都拥有一种强健的欲望，哪怕这种欲望派生出许多悲伤和烦恼，哪怕是痛苦也痛苦得那样强劲。

很快地，我投身到苏联歌曲的海洋里去了。《喀秋莎》和《我们祖国多么辽阔广大》打头，一首接一首明朗、充实、理想、执着的苏联歌曲掀起了我心头的波浪，点燃了我青春的火焰，插上了我奋飞的双翅。苏联歌曲成了我生命的一部分，我生活的一部分，我命运的一部分。不管苏联的历史将会怎样书写，我永远爱这些歌曲，包括歌颂斯大林的歌，它们意味着的与其说是苏联的政治和历史，不如说是我自己的青春和生命。音乐毕竟不是公文，当公文失效了的时候（尽管与一个时期的公文有关的），音乐却会留存下来，脱离开一个时期的政治社会历史规定，脱离开那时的作曲家与听众给声音附加上去的种种具体目的和具体限制，成为永远的纪念和见证，成为永远可以温习的感情贮藏。这样说，艺术又是属于强者的了，艺术的名字是"坚强"，是"恒久"，正像一首苏联歌曲所唱的那样，它是"在火里不会燃烧，在水里也不会下沉"的。

　　说老实话，我的音乐知识和音乐水准并不怎么样。我不会演奏任何一样乐器，不会拿起五线谱视唱，不知道许多大音乐家的姓名与代表作。但我确实喜爱音乐，能够沉浸在我所能够欣赏的声音世界中，并从中有所发现，有所获得，有所超越、排解、升华、了悟。进入了声音的世界，我的身心如鱼得水。莫扎特使我觉得左右逢源，俯拾即是，行云流水。柴可夫斯基给我以深沉、忧郁而又翩翩潇洒的美。贝多芬则以他的严谨、雍容、博大、丰赡，使我五体投地得喘不过气来。肖邦的钢琴协奏曲如春潮，如月华，如鲜花灿烂，如水银泻地。听了他的作品我会觉得自己更年轻，更聪明，更自信。所有他们的作品都给我一种神圣、一种清明、一种灵魂沐浴的通畅爽洁之感，一种对于人生价值包括人生的一切困扰和痛苦的代价的理解和肯定。听他们的作品，是我能够健康地活着、继续健康地活下去、战胜一切邪恶和干扰、工作下去、写作下去的保证和力量的源泉。

流行歌曲、通俗歌曲，也自有它的魅力。周璇、邓丽君、韦唯，以及美国的约翰·丹佛、芭芭拉，德国的尼娜，苏联的布加乔娃，西班牙的胡里奥，都有打动我的地方。我甚至于设想过，如果我当年不去搞写作，如果我去学唱通俗歌曲或者去学器乐或者去学作曲呢？我相信，我会有一定的成就的。并非由于我什么事都逞能，不是由于我声带条件特别好，只是由于我太热爱音乐，太愿意生活在声音的世界里了。而经验告诉我，热爱，这已经是做好一件事的首要的保证了。

人生因有音乐而变得更美好、更难于被玷污、更值得了，不是吗？

告别二〇二〇的时候

二〇二〇年翻过去了，一切都记忆犹新。我们不能忘记抗击新冠肺炎疫情的艰苦与悲壮的历程，然后是了不起的战绩。但是，二〇二〇庚子年的标贴难道仅仅是新冠肺炎疫情吗？当然不是，我们同样不能忘记的，还有决战脱贫攻坚的胜利与经济正增长的成绩斐然。

二〇二〇年十一月在广州，读到一个业余女诗人的诗集——《戴口罩的春天》。张洪芳在其中一首《情人节》中写道：

请你将墙上挂着的
蒙了厚厚灰尘的结婚照
取下来，好好擦干净
……

你好久没有这样认真看过我了

这些年你走过的那些

所谓成功的路

其实都默默刻在我的容颜上

是闺怨吗？是疫情魔影下人们在重新审视相互的意义。我读下去，发现还有更为阔大的情怀，她给了我对于二〇二〇的各种感受。在《暂停键》中，她写道：

把道路暂还给宽敞

……

熟悉的大街小巷

从未有过如此静默

幢幢楼宇黯然肃立

室内扎根，方寸之地拥抱乾坤

怀揣着一种特殊的责任

肩负着一种特殊的使命

暂停，武汉仍然是英雄城

一面是柔情万种，另一面还有沧海横流、英雄本色。

而在《隔离，不是隔离爱》中，诗人说：

没有隔离亲人间的关爱

它们像空气和水一样始终存在

也没有隔离大米、小米、萝卜、白菜

隔离，那是土地诚挚的爱

病毒吞噬了无辜的生命，人们擎起了关爱的大旗，人类的特长之一本应该是互相需要，而不是相反。

在写到解放军医疗队撤离武汉的时候，诗人写道：

勇敢地来，静悄悄走

不要鲜花，不要掌声

不要警车开道

不要夹道送行

他们不想惊动武汉城

所有感恩的眼睛

在恐惧和困惑中，勇敢的迎击与谦和的自视是多么可贵。

在追悼逝者的诗句里，她说：

无数次我已爱过

这转瞬即逝的永恒

嗯嗯，对于永恒，任何一个年头与事件，都是转瞬。对于转瞬，任何一个奋斗与献身，都是永恒。

诗人曾任某大公司的财务总监，现任广东某集团文化总监。在二○二○的年份里，各行各业的人都被触动了，张洪芳是其中之一。他们用文字和诗情为各种感动、思绪、人性与践行做证，充满着坚定、善良、诚挚、宽厚。这些人心与暖意，与病毒所散发的邪恶和庸人哼哼唧唧的阴冷，是怎样地不同啊！

艰难！又有哪一年只开顺风船呢？有挑战就有沉着应对，有恐惧就有决绝担当，有恶意就有温暖爱心，有危难就有钢铁长城。

世界并不平衡。那边疫情正酣，比疫情更乱的乱象仍然在乱着。而奋斗者坚持奋斗，发展者忙于发展，合作者好心合作，自信者当然自信。我们仍然注意戴好口罩，做好各项防疫工作，我们毕竟确实在相当程度上渐渐熟练了闪开新冠阴影与控制疫魔的有效操作。我们继续着决胜全面小康，我们将迎来第一个百年的辉煌，我们也将踏上"十四五"的新征程。

此刻，我们享受着一元复始的欢欣，还有与家人欢聚的热气腾腾。再见，二○二○，你留在我们的诗里，揣在我们的心里，刻在历史的碑上！你好，二○二一，新的期待、新的艰难、新的诗篇，如花如火，如大海的浪涛滚滚向前！

冬之丢失

一个道地的北方佬是不会不喜欢北方的严冬的。例如在我的第二故乡新疆，那飘飘扬扬的大雪似乎充满了热情，它们跳的舞蹈是现代的，铺天盖地，东歪西扭，熙熙攘攘，哄哄闹闹，而凛冽的寒风进一步意欲旋转整个宇宙。雪后天霁，谁能不被阳光下亮晶晶的一串串"树挂"所醉倒？每个行人嘴里都吐着白雾，每个戴口罩者眉毛上都结满了冰花，或者那也是雪花吧。天下过了雪，人嘴里又吐出了雪花。从马的粗大的鼻里喷出的白雾落到马脖子上，也凝结成了白花花的冰霜。

这是一个银白的、冻结了的世界吗？不，乐观的维吾尔人有一句家喻户晓的谚语："火是冬天的花。"那鲜红的、奔放的火，不正像花，不是比花更富有活力么？有人的地方就有火，有家家户户取暖的火。火苗呜呜地叫着、闹着，跳到火墙里，火墙烘得暖洋洋，人也睡昏昏了。还有炼钢炉的火，炒菜锅底下的火，火车头上的火和每个人心里头爱生活、爱祖国的火，原来，新疆的冬天里也有的是温暖啊！

但毕竟冬天是和零下许多度，和光秃秃的枝丫，和冰雪，和西北风，和街头滑倒的行人，和被风雪堵住的门窗，和厚重的棉衣与老羊皮袄联系在一起的。在北方人的大脑皮质的第二信号系统里，"冬"字不可能唤起别样的记忆和联想。

可在我们的辽阔的祖国，却分明有着别样的冬天呢！你可曾见过这样的情景：寒冬腊月，艳阳高照，杂树繁花，青波绿草，鸟语虫鸣，果鲜菜嫩，门开窗启，衣少身轻……

这是一个失去了冬意的冬天。这两种性格和姿态全然不同的冬季的距离，对于三叉戟和波音707来说不过是两个多小时。两个多小时以前，我们还在北京，两个多小时以后，我们就在广西了。冬天依旧而面目全非，伴随着惊喜的，不是还有点迷惑、有点慌乱么？

离开南宁已经有二十天了，南国的一月给我们的冲击却依旧在我的心田里引起许多余震。兴奋、迷惑和慌乱依旧保持在我的情绪里。那究竟是一种什么声音呢？嗡嗡的，像是觅着花蜜的成群的小蜜蜂，像是奔跑着、追逐着、喧闹着的孩子们，像是远方传来的飞机、汽车和拖拉机的马达在齐声欢唱。在广西南宁度过的三个星期里，日日夜夜似乎都有这样一种声响在吸引着我、逗弄着我。而且，这弥漫着的，暂时还是含蓄和羞怯的，却又蕴含着无限活力的声音是与南宁的绿树与阳光同在的。它们好像是一回事。挺拔中透露着潇洒与妩媚的桄榔，热烈中显现出朴质与尊严的芭蕉，自由的蒲葵，高贵的木菠萝，娴雅的荔枝、龙眼，个子虽大却给人以轻灵俊逸之感的小叶桉，还有执着的扁桃，洁身自好的枇杷，不愿惹人注目的丹桂，像诗一样多情、又像诗一样谦逊的木棉和红豆——相思树，当这么多脾气与外貌各不相同的树木参差和睦地生活在一起的时候，有感于同一个冬日也不减辉煌的太阳，它们能不交流吗？它们能不调笑吗？它们能不发出那神秘的、富有召唤力的嗡嗡声吗？

　　而它正盛开着红花。羊蹄脚，多么富有泥土气息的名字！因为你的树叶是两瓣的，像羊蹄。一听到名字我就想起新疆来了，哈萨克牧人的小毡房，山坡上的草场，山顶的云杉和山涧里的清水，都是些羊蹄踩过来又踏过去的地方。以你命名的树木把血红的花朵撒落在南宁人民公园的湖波上，双双对对的游人蹬着水上自行车在红花和绿水里穿来穿去。这一天是一九八二年新年，天气太好了，我脱掉了从北京穿来的太多的衣裳，迟疑了一阵子，又终于脱掉了我认为即使到了广西也不应该脱掉的线背心——只为了更好地靠近一下温暖的太阳。

　　我都有点不好意思了，南宁使我不时忘记了现在正是冬天。也许就在这同一时刻，天山脚下正飞旋着特大的风雪？北京的青年正簇拥着走进滑冰场的大门？而这里，满街是绿树，是柑橘和香蕉，是水灵灵的硕大的蔬菜，是零售的为去掉涩味而用含盐水浸泡着的菠萝块。满街上的行人又有谁在意这是不是冬天呢？

　　不是冬天！那树叶和白云对我说。永是春天！那池水和游人对我说。农贸市场的"山珍"和"海味"——木耳、冬菇、冬笋、鱼、虾、蟹，以及人们身上的和百货店货架上的每一件新花色、新样式的衣服，不论是尼龙绸还是南宁特产的麻涤制品，都在应和着这绿色的欢呼。我开始听得懂南宁冬天的嗡嗡声的含义了，这是永恒的春天对生活、对人的召唤。谁听到这召唤，就会血流加速，就会心潮起伏，就会浮想联翩，就会跃跃欲试，渴望着高歌、呐喊，用辛勤劳作唤醒每一块石头和每一寸土地。爱，献身，战斗，再也不能迟疑、等待……

在南宁绢纺厂，我访问了年轻的挡车女工钟勇健和汤凤琼，她们由于连续多年万米无疵布被评为劳动模范，去年秋天参加了市总工会组织的进京旅行，连民航都破例减收她们的机票费用。她们沉浸在幸福的回忆里，又一刻不停地踏上了新的无疵布的征途。她们的笑声汇合在织布车间的铿锵震耳的喧声里，也汇合到春天的召唤里了。

在工读学校，我们参加了广西壮族自治区领导同志给一度失足的可爱的男孩子和女孩子们赠书、赠电视机的仪式。看看他们通红的脸蛋和清洁美丽的衣装，听听他们的热烈的掌声和笑声吧，他们心里的冰雪，早已解冻了……

而在南宁东南郊的"农工商联合企业"（那是以生产行销世界各地的象山牌罐头而著称的），我参观了柑橘园和菠萝田。特别是那里的衣着朴素的农业科学家们，他们正在试管里用一小片一小片的菠萝叶子进行繁殖优质菠萝的新方法的试验。菠萝，一般是每结一次果，老株就渐渐枯干了，而新根就会生出新芽、新茎来，这种方法不但周期长，而且多半只能更新，很难繁殖。现在，科学家们正在把良种菠萝的绿叶切割成小片，再分别放在试管里培养，硬是从一小片菠萝叶上培养出新的根茎、新的植株来，这巧夺天工的匠心和技术！科学正在默默地夺取春天，把春天牢牢地抓在手心里，固定在试管里，然后是苗圃，然后是大田，把春天成百倍、成千倍、成万倍地扩展……

春天的景象是各式各样的。比如，我们曾经去拜访一位记者同志，这位50年代的复旦大学毕业生，不但被"错划"过，而且被"错判"过，他有过十五年的被监禁的沉重经历。在三中全会以后，他的沉冤才得到平反，他才得以恢复工作，成家立业。他把他的新近降临人间的大胖小子抱给我们，又忙不迭地把电唱机摆在地上，给我们放世界名曲。是不是他还有点不那么习惯、不那么善于过一种安定而又幸福的生活呢？你看他家里的东西堆放得多么乱啊，难道先进的带两个音箱的电唱机却要摆在地上使用么？然而，我仍然在这里感受到春天的喜悦、春天的乱糟糟，婴儿的啼哭和帕格尼尼的小提琴都属于这同一个春天的奏鸣曲。

还有工人文化宫里的集体婚礼，鞭炮齐鸣，锣鼓铿锵。体育馆的迎接新年联欢，有几个出身广西的世界技巧比赛冠军参加了表演。还有环经街和阳上街两个街道居委会开展"五讲四美"活动的经验。还有温暖的邕江，毛主席当年冬泳的地方和气派少有的邕江剧院。剧院侧面的喷水池和凤尾竹多么美丽！还有始终不辍的来自地球的各个角落的游客。有一个美国的自行车旅游团，他们从桂林骑着自行车来到了南宁。其中有一个名叫丽莎的科罗拉多州的年轻的女教员，在从南宁到广州的回程飞机上，我们的座位相毗邻，她向我提出了许多问题，对中国表现出了巨大的兴趣。她问："你们真的是很快乐的么？"我说："当然，虽然我们也很困难。"她问："听说，能乘坐飞机的中国人都是经过严格挑选的特殊人物？"我说："问题的关键在于买飞机票，不管是中国人还是外国人，买了飞机票就能乘飞机。"她笑起来了，愿她也能感染一点中国的春意吧。

这篇短小的散文的题目原本是《冬》。我是从冬天，从风中狂舞的雪开始写的，我想写一写我们祖国的美好而又多样的冬天。写着写着，我迷路了，我走失了，我不知不觉之间把冬天给弄丢了，笔底下走出来的不是冬天，而是春天。我不愿承认这是由于我构思的低能或者"意识流"云云的混乱。请广西和南宁，羊蹄脚和棕榈科植物，请织布机的太响的闹嚷和金红灿灿的橘、橙代我做个检讨吧，是你们把我的冬天拐走了，你们把我搞乱了，使我困惑了。我时时用朔方原野上的风，用难以逾越的冰山，用呼呼叫的炉火和铜铃叮咚响的马拉雪橇提醒我自己，但我终于忘记了冬天，分不清冬天和春天的差别了。

　　反正这都是属于你和属于我的祖国，反正这都是属于你也属于我的时光。北方和南方，雪白的冬天和碧绿的春天一样的冬天以及所有的季节，所有的地方，所有的生活，反正我要为你而歌唱。

无 花 果

　　小时候院子里有一株无花果，只记得叶片挺大，别的没有印象。倒是它的名称——无花而有果，叫人一下记住了。

　　新疆阿图什一带，以盛产无花果而著名。那里的无花果，成熟到金黄色，由一位姑娘来摘下，吃以前放在手心里"啪"地一拍，然后再敬给你。这种吃法好诱人。新疆还出产无花果酱，甜得很。

　　新疆已经阔别，无花果也只保存在回忆里。

　　大前年在门口买了一盆无花果，已经结了许多果，煞是玲珑可爱。大叶历历，显得高贵。果不甜，孩子们也不爱吃，给他们讲新疆的吃法他们也不感兴趣，他们又没去过南疆。北京的无花果不甜，可能是由于北京没新疆那么强烈的日照与温差。

　　无花果在花盆里养着，但结的果愈来愈少，叶子也颜色惨淡起来。"花盆太小了，该换盆了。""该施肥了，不然它拿哪儿的养料坐果呢？"想的说的都清楚，就是没有行动。延宕着。

今年春天，无花果又发芽了，一切充满希望。几天过去，突然发现已发出的芽又枯死了。

是不是忘了浇水？于是连忙浇水，还用些土法施肥，把打过的鸡蛋壳里的残余的鸡蛋清、淘米的水加在无花果盆里。

枯萎了的芽愈发枯萎下去，便决心给它换花盆。这才发现了它枯萎的原因：它的一株主根，竟然不堪小小花盆的桎梏，从盆底的洞中钻了出来，沿着盆底与水泥地生长。五月的阳光已经很强烈，水泥地被照得灼热炽人，把它的根给烫死了。

精心地给它换了大花盆。终于没有挽救过来。

看着它挣脱出来却又成为它的死因的那一截根，我有一种失落感。

后来朋友告诉我说："你何必换花盆？你就把它栽到院里的土地上就可以了。其实无花果很老实，很好活，很容易过冬。"

我后悔不及。

华老师，你在哪儿?

在我快要满七周岁的时候，升入当时的北平师范学校附属小学二年级，那是一九四一年，日伪统治时期。

我至今记得北师附小的校歌：

北师附小是乐园，
汉清百岁传。
············
向前，向前，
携手同登最高巅。

第二句的"汉清"两个字恐怕有误，如果这个学校是从汉朝办起的，那就不是"百岁传"，而是一千几百年了，大概目前世界上还没有那么古老的学校。

在小学一年级，我们的级任老师（犹今之班主任）姓葛，葛老师对学生是采取"放羊"政策的，不大管。遇到天气冷，学校又没有经费买煤生火炉，以致有的小同学冻得尿了裤子（我也有一次这样的并不觉得不光荣的经历），葛老师便干脆宣布提前散学。

二年级换了一位老师叫华霞菱，女，刚从北平师范学校（简称北师）毕业，二十岁左右，个子比较高，脸挺大，还长了些麻子，校长介绍说，她是"北师"的高才生，将担任我们班的级任老师。

她口齿清楚，态度严肃，教学认真，与葛老师那股松垮垮的劲头完全相反。首先是语音，她用当时的"国语注音符号"（即ㄅ、ㄆ、ㄇ、ㄈ）一个字一个字地校正我们的发音，一丝不苟。我至今说话的发音，还是遵循华老师所教授的，因此，有些字的读音与当代普通话有别。例如"伯伯"，我读"bāibai"，而不肯读"bóbo"；侦察的"侦"，我读"蒸"而不是"真"；教室的"室"，我读上声而不肯读去声，等等。为"伯""磨"之类的字的读法我还请教过王力教授，他对我的读音表示惊异。其实我就出生在北京，如果和真正的老北京在一起，我也会说一些油腔滑调的北京土话的，但只要一认真发言，就一切按照华老师四十多年前教导的了，这童年的教育可真重要。

华老师对学生非常严格，经常对一些"坏学生"训诫体罚（站壁角、不准回家吃饭），我们都认为这个老师很厉害，怕她。但她教课、改作业实在是认真极了，所以，包括被处罚得哭了个死去活来的同学，也一致认为这是一个比葛老师强百倍的老师。谁说小孩子不会判断呢？

小学二年级，平生第一次造句，第一题是"因为"。我造了一个大长句，其中有些字不会写，是用注音符号拼的。那句子是：

"下学以后，看到妹妹正在浇花呢，我很高兴，因为她从小就勤劳，她不懒惰。"

华老师在全班念了我这个句子，从此，我受到了华老师的"激赏"。

但是，有一次我出了个"难题"，实在有负华老师的希望。华老师规定，写字课必须携带毛笔、墨盒和红模字纸，但经常有同学忘带而使写字课无法进行。华老师火了，宣布说再有人不带上述文具来上写字课，便到教室外面站壁角去。

偏偏刚宣布完我就犯了规，等想起这一节是写字课时，课前预备铃已经打了，回家取已经不可能。

我心乱跳，面如土色。华老师来到讲台上，先问："都带笔墨纸了吗？"

我和一个瘦小贫苦的女生低着头站了起来。

华老师皱着眉看着我们，她问："你们说怎么办？"

我流出了眼泪。最可怕的是我姐姐也在这个学校，如果我在教室外面站了壁角，这种奇耻大辱就会被她报告给父母……天啊，我完了。

全班都沉默着，大家感到了问题的严重性。

那个瘦小的女同学说话了："我出去站着去吧，王蒙就甭去了，他是好学生，从来没犯过规。"

听了这句话我真是绝处逢生，我喊道："同意！"

华老师看了我一眼，摇摇头，叹了口气，厉声说了句："坐下！"

事后她把我叫到她的宿舍，问道："当×××（那个女生的名字）

说她出去罚站而你不用去的时候，你说什么来着？"我的脸一下子就红了，我无地自容。

这是我平生受到的第一次最深刻的品德教育。我现在写到这儿的时候，心里仍怦怦然：不受教育，一个人会成为什么样呢？

又有一次修身课考试，其中一道答题需有一个"育"字，我头一天晚上还练习了好几次这个"育"字，临考时却怎么也想不起来了，觉得实在冤枉，便悄悄打开书桌，悄悄翻开了书，找到了这个字，还自以为无人知晓呢。

发试卷时，华老师说："这次考试，本来有一个同学考得很好，但因为一些原因，他的成绩不能算数。"

我一下子又两眼漆黑了。

又是一次促膝谈心，个别谈话，我承认了自己的错误，华老师扣了我十分，但还是照顾了我的面子，没有在班上公布我考试作弊的不良行为。

华老师有一次带我去先农坛参加全市中小学生运动会，会前，还带我去一个糕点铺吃了一碗油茶、一块点心，这是我平生第一次下馆子。这种在糕点铺吃油茶的经验，我借用了写到《青春万岁》里苏君和杨蔷云身上。

运动会开完，天黑了，挤有轨电车时，我与华老师失散了，真挤呀，挤得我脚不沾地。结果，我上错了车，我家本来在西四牌楼附近，我却坐了去东四牌楼的车。到了东四，我仍然下不来车，一直坐到了北新桥终点站……后来我还是找回了家，从此，我反而与华老师更亲了。

　　那时候的小学，每逢升级级任老师就要换的，因此，一九四二年以后，华老师就不再教我们了。此后也有许多好老师，但没有一个像华老师那样细致地教育过我。

　　一九四五年抗日战争胜利以后，国民党政府在北平号召一部分教师去台湾任教以推广"国语"，华老师自愿报名去了，据说从此她一直在台北。

　　日前我得知北京师大附小的特级教师关敏卿是当年北师附小的"唱游"教师，教过我的。我去看望了关老师，与关老师谈了很多华老师的事。关老师在北师时便与华老师是同学。后来，关老师还找出了华老师的照片寄给我。

　　华老师，您能得知我这篇文章的一点信息吗？您现在可好？您还记得我的第一次造句（这是我的"写作"的开始呀）吗？您还记得我的两次犯错误吗？还有我们一起喝油茶的那个铺子，那是在前门、珠市口一带吧？对不对？我真想念您，真想见一见您啊！

做一次明朗的航行

人生好像一只船，世界好像大海。人自身好像是驾船的舵手，历史的倾斜与时代的选择好像时而变化着走向的水流与或大或小的风。

人生又像是一条水流，历史就像是融合了许多许多水流的大江。你无法离开大江，但你又发现大江里布下了一些礁石，江上或有狂风，江水流着流着会出现急剧的转弯、急剧的下降和攀升，以及歧路和迷宫。

人生又像是一条长路，也许在它快要结束的时候你又发现它其实是那么短。你莫知就里地被抛在了路上。你不可能停下来。于是你蹒跚地走着，你渴望走上坦途，走上峰巅，走进乐园，走进快乐、成功、幸福或者至少是平安的驿站直到理想的家园。然而，你也许终其一生没有得到一天心安。

人与人的命运是怎样的不同啊！这里所说的命运，既包括主观条件即你作为一个单独的个体的一切特点一切认识和态度，也包含生存环境，即包括你所处的时间与空间的坐标，你的有时是无可避免有时则十分偶然的际遇。正像俗话所说的那样，人的能力有大小，人的遭际有偶然即凭运气的可能，人的地位有高低，人的财富有贫富，人的寿命有长短，人的体格有强弱，人的社会环境与自然环境有优劣、美丑、公正与极不公正之分。人比人气死人，人比人该有多少不平，多少愤懑，多少怨毒和痛苦！

痛苦也罢，怨毒也罢，只要还活着，谁不希望自己的命运能更好些，更更好些呢？谁不愿意知道并且实行自己对于自己的命运的积极影响乃至把命运之舵掌握在自己的手里呢？

有时你又觉得人生像是一个摸彩的游戏，别人常常是幸运者，他们摸到了天生超常的禀赋与资质、优越的家庭背景、天上掉下来的机会以及来自四面八方的援助之手。而你摸到的可能只是才智平庸或怀才不遇、零起点、误解、冤屈和来自四面八方的嫉妒、打击乃至于阴谋和陷害。

作为一个年近七旬的写过点文字也见过点世面的正在老去的人，我能给你们一点忠告、一点经验、一点建议吗？

也许谈不到什么经验和忠告，但我至少可以抱一点希望、一点意愿，我希望有更多的人能生活得更明朗一些。明朗，这是什么意思呢？就是说成就有大小，际遇有顺逆，但能不能生活得更坦然、更清爽、更光明、更健康也更快乐一点？只要一点。

作为写过小说也写过诗的人，我知道各种对于愤怒、忧愁、痛苦、矛盾、疯狂乃至自毁自弃自戕自尽的宣扬与赞美。我熟知"先天下之忧而忧，后天下之乐而乐""愤怒出诗人""知识分子的使命是批判""智慧的痛苦""痛苦使人升华""我以我血荐轩辕""生老病死""我不入地狱谁入地狱""地狱未空，誓不成佛"以及"文章憎命达""从来才命两相妨"之类的名言。我无意提倡乃至教授廉价的近于白痴式的奉命快乐。我所说的快乐、健康、坦然、清爽与光明，不是简单地做到如老子所说的"复归于婴儿"，而是另一种超越，另一种飞跃，另一种人生境界：是承担一切忧患与痛苦之后的清明；是历经至少是遭遇一切坎坷和艰险的踏实；是不仅仅能够咀嚼而且能够消化的对于一切人生苦难的承受与面对一切人生困厄的自信；是把一切责任一切使命一切批判和奋斗视为日常生活的平常平淡平凡；是九死而未悔、百折而不挠的视险如归，赴难如归，水里火里如履平地；是背得起十字架也放得下自怨自艾自恋自怜的怪圈的大气；是不单单拥有智慧的煎熬和困惑的痛苦，而且拥有智慧的澄澈与分明的欢喜，从而是更包容更深了一层的智慧；是大雅若俗大洋若土大不凡如常人，从而与一切浮躁，与一切大言哄哄乃至欺世盗名，与一切神经兮兮的自私、小气的装腔作势远离开来。

驾驶着你的人生之船，做一次明朗的航行吧。

驾驶着你的人生之船，使你的航行更加明朗一些吧。

让智慧和光明，让光明的智慧与智慧的光明永远陪伴着人的生活吧。

第二辑：
笔下新疆

　　我要学会维吾尔语，我要与你们将心比心，以心换心。因为我爱新疆，爱维吾尔人的生活。我怕寂寞，怕隔膜，怕不应有的误解。我承认我对这个世界还懂得太少。我自己的世界还太狭窄，我的头脑还太贫乏。要开拓世界和心胸，先开拓语言。要交流，先掌握语言。要深入生活，又怎能离开语言。

　　　　　　　　　　　　——《心声》

是一种好奇，是一种兴致，是一种对于生活，对于世界的摧毁不了的热情。

——《心声》

故 乡 行

——重访巴彦岱

我又来到了这块土地上。这块我生活过、用汗水浇灌过六七年的土地上。这块在我孤独的时候给我以温暖，迷茫的时候给我以依靠，苦恼的时候给我以希望，急躁的时候给我以慰安，并且给我以新的经验、新的乐趣、新的知识、新的更加朴素与更加健康的态度与观念的土地上。

高高的青杨树啊，你就是我们在一九六八年的时候栽下的小树苗吗？那时候你幼小、歪斜，长着孤零零的几片叶子，牛羊驴马、大车高轮，时时在威胁着你的生存。你今天已经是参天的了，你们一个紧靠着一个，从高处俯瞰着道路和田地，俯瞰着保护过你们、哺育过你们，至今仍在辛勤地管理着你们的矮小的人们。你知道谁是当年那年老的护林员？你知道谁将是你们的精明强悍的新主人？你可知道今天夜晚，有一个戴眼镜的巴彦岱——北京人万里迢迢回到你的身边，向你问好，与你谈心？

赫里其汗老妈妈，今夜您可飘然来到这里，在这高高的青杨树边逡巡？您是一九七九年十月六日去世的，那时候我正住在北京的一个嘈杂的小招待所里奋笔疾书，倾吐我重新拿起笔来的欢欣，我不知道您病故的凶信。原谅我，阿帕，我没有能送您，没有能参加您的葬礼，您的乃孜尔。那六年里，我差不多每天都喝着您亲手做的奶茶。茶水在搪瓷壶里沸腾，您坐在灶前与我笑语。茶水对在搪瓷锅里，您抓起一把盐放在一个整葫芦做成的瓢里，把瓢伸到锅里一转悠，然后把一碗加工过的浓缩的牛奶和奶皮子倒到锅里，然后用葫芦瓢舀出一点茶水把牛奶碗一涮，最后再在锅里一搅。您的奶茶做好了，第一碗总是端在我的面前，有时候，您还会用生硬的汉语说："老王，泡！"我便兴致勃勃地把大馕或者小馕，或者带着金黄的南瓜丝的包皮谷馕掰成小小的碎块，泡在奶茶里。最初，我不太习惯这种我以为是幼儿园小孩所采用的掰碎食物泡着吃的方法，是您慢慢把我教会。看到我吃得很地道，而且从来不浪费一粒馕渣儿的时候，您是多么满意地笑起来了啊！如今，这一切还都历历在目呢。可您在哪里，您在哪里呢？青杨树叶的喧哗声啊，让我细细地听一听，那里边就没有阿帕呼唤她的"老王"的声音吗？

笔直的道路和水渠，整齐的、成块的新居民点，有条有理，方便漂亮。20世纪60年代中期自治区党委提出的好条田、好林带、好道路、好渠道、好居民点的"五好"的要求，关于建设社会主义新农村的号召，如今在巴彦岱不是已经实现了吗？根据规划建设的要求，我和阿卜都热合曼老爹、赫里其汗老妈妈住过的小小的土房子已经拆掉了，现在是居民区的一条通道。当年，我曾住在他们的一间不到六平方米的放东西的小库房里，墙上挂着一个面箩、九把扫帚和一张没有鞣过的小牛皮。最初我来到这个语言不通的地方，陪伴我的只有梁上的两只燕子。我亲眼看见燕子做窝、孵卵，看见它们怎样勤劳地哺喂那些叽叽喳喳的小燕子。在小燕子学会飞翔的时候，我也已经向维吾尔农民的男、女、老、少（包括四五岁的孩子）学了不少的维吾尔语了。我们愈来愈熟悉、亲热了，同时，按照你们的古老而优美的说法，你们从燕子在我住的小屋里筑巢这一点上，判定我是一个心地善良的人。于是，你们建议我搬到正屋里，和你们住在一起。我欣然接受了。从此，我们一起相聚许多年，我们的情感胜过了亲生父子。亲爱的燕子们哪，你们的后代可都平安？你们的子孙可仍在伊犁河谷的心地善良的农民家里筑巢繁养？当曙色怡人的时候，你们可到这青杨树上款款飞翔？

　　阿卜都热合曼老爹啊，我们又重逢了。在那些年，我把我的遭遇告诉了你们。您那天沉默了许久，您思索着，思索着，然后，您断然说："老王，不会老是这样子的。请想一想，一个国家，怎么能够没有诗人呢？没有诗人，一个国家还能算是一个国家吗？元首、官员、诗人，这是任何一个国家都不能或缺的。老王，放心吧，政策不会老是这个样子的。"您没有文化，您不会写自己的名字，您不懂汉语，没有看过任何书，然而，您是坚定的。您用您自己的语言，表达了您的信心，对于常识，对于真理，对于客观规律总比任何人的个人意志强的信心。如今，您的信心应验了：诗人、作家在我们的国家，受到了应有的关心和爱护。排斥诗人、废黜诗人的年代终于一去不复返了，而您，也已经老迈了……

还有二大队的支部书记阿西穆·玉素甫。一九七一年，我离开巴彦岱前去乌鲁木齐"听候安排"的前夕，阿西穆同志对我说："不要有什么顾虑，放心大胆地去吧！如果他们（指当时乌鲁木齐的有关部门）不需要你，我们需要你。如果他们不了解你，我们了解你。你随时可以带着全家回来，你需要户口准迁证，我这里时刻为你准备着。你需要房屋，我们可以立刻划出九分地，打好墙基。一切困难，我们解决。"这真是披肝沥胆，推心置腹！巴彦岱的父老兄弟呀，在我最困难的时候，你们给过我怎样巨大的支持和鼓励！古人说，"人生得一知己足矣"，而在巴彦岱，成百上千的贫下中农都是我的知己！在最困难的时候，最混乱的时候，我的心仍然是踏实的，我仍然比较乐观，我没有丧失生活的热情和勇气。至今有人称道我四十七八岁了还基本上没有白发，说我身体好。其实，我的青少年时期身体状况是很糟糕的，为什么经过了那么多动乱和考验以后，我反倒更结实也更精神了呢？那是因为你，你们——阿卜都热合曼、依斯哈克、阿西穆·玉素甫、阿卜都克里木、金国柱、艾姆杜拉、满素艾山……你们支持我，帮助我，知己知心，亲如兄弟，你们给了我多少温暖和勇气！不是吗？当我来到四队庄子上，看望依斯哈克老爹的时候，他激动得哭个不停。心连心，心换心啊！此意此情，夫复何求？

慢慢地在青杨掩映的乡村大路上前行吧，每一株树，每一个院落，每一扇木门，每一缕从馕坑里冒出来的柴烟，每一声狗叫和鸡鸣都会唤起我无限的怀念。清清的小渠啊，多少次我到你这里挑水？阿帕是贫寒的，她的水桶一个大一个小，她的扁担歪歪扭扭，严格说来那根本不能叫扁担，因为它一点也不扁，而是一根拧了麻花的细棍子。那东西压在肩膀上，才叫闹鬼呢，它好像随时要翻滚，要摆脱你的手心……就是这样，我用它挑了多少水啊。而当枯水季节，或者当小渠被不讲道德的个别人污染了的时候，我就要沿着田埂向北走上三百多米，从另一处渠头挑水了。给房东大娘把水挑满，这也是党的传统，党的教育，党的胜利的源泉啊，我能够忘记吗？即使我住在冷热水龙头就在手边的地方，我能忘记这用麻花扁担挑着大小水桶走在巴彦岱的田野上的日子吗？

继续往前走，就是原来的大队部了。我不由得想起一九六五年到一九六六年，我们每天早晨天不亮就聚集在这里"天天读"的情景。我把"天天读"变成了学习维吾尔语的好机会，我认真地背诵着"老三篇"的维吾尔译文，并且背下了上百条"语录"译文。一方面做学生，一方面又担任教维吾尔新文字的"先生"，有许多个早上我在这里给大队干部教授拉丁化的维吾尔新文字。那 A、B、C、D 的齐声朗诵声音，还在这里回响着吗？

当然，原来的大队部也使我想起那阴暗的日子，一阵"炮轰"以后的半瘫痪状态，"一打三反"时候的恐怖气氛……这些，已经成为往日的陈迹了。我会见了艾姆杜拉和司迪克，艾姆杜拉已经被落实了政策，担任巴彦岱中学的教员，一家十一口，也转为吃商品粮的了。"你现在和队上没有什么关系了么？"我问。"呵，如果我给队上缴一车肥料，队上就给我一车麦草。"他笑着说。而曾被捆绑和殴打过的司迪克呢，他骄傲地把他新盖的高台阶、宽前廊的房屋指给我看，端来了自己栽植收获的葡萄、梨……劳动者的心地是最宽阔也最厚道的，我们共同引用着维吾尔族的谚语：男子汉大丈夫总要经受各式各样的磨难的。沉重的回忆就这样被欢畅的笑声冲刷过去了。

巴彦岱的农民弟兄们，你们终于安定了，轻松了，明显地富裕起来了。孤儿出身的曾是穷苦的光棍儿的阿卜都克里木啊，你现在也有三间正房、上千元的存款、自行车、手表、驴车，并且饲养着牛、鹿、驴了。你包了十一亩菜地，和你的精明的妻子一起种植管理。当年我曾经多少次睡在你的独间土房里，睡在你那个只有架子没有床板，用向日葵秆支撑着我的身躯的歪歪扭扭的床上，共同诉说着生活的艰辛和期望啊！今天，我又睡到你这间房子里来了，你用伊犁大曲、爆牛肉、炒鸡蛋和煮饺子来招待我。曾经教会我扬场、自称是我的师傅的金国柱也来了，他拿着酒杯向我祝酒说："如果不替我们说话，我们就把你拉下来！"善于经营理财的穆成昌也来了，问我："农村的政策不会变吧？"为什么要变呢？符合人民心愿的，有利于生产发展的政策，要靠我们自己来贯彻啊！巴彦岱的各个大队，正在进一步落实责任制，把责任包到每户、每个劳动力身上。大家都说，真能这样搞下去，就会搞好了。难道可以不搞好吗？我们已经付出了那么多代价，那么多时间！

中秋刚过，明月出天山，天山上的月亮才是最亮、最无尘埃的啊！但愿我们的生活，我们每个人的心像天山上的明月一样光亮饱满。月光下的新居民点，房屋和庭园，属于社员个人的房前屋后的树木，堆积着的饲草饲料，还有不时发出哞哞声的牛吼马嘶，显示出多少希望！过去大队干部为购买一辆货运卡车绞尽了脑汁，现在，大队已经拥有两辆这样的汽车了。过去收割的时候靠马拉机具和人工，现在主要靠康拜因了。过去轧场的时候靠马拉石磙子，现在主要靠手扶拖拉机了。过去粮食加工靠水磨，现在在拥有更大的水磨的同时，电磨已经占据重要的位置了。过去送信时骑马，现在邮递员都备有崭新的挎斗摩托车了。过去谁家里有个半导体收音机就会引起轰动，现在，一些社员的家里已经有了收录两用机，有了沙发、大衣柜、五斗橱和捷克式写字台，还有的社员已经提前买下了电视机了（伊犁的电视台正在建设中）。不管有多少挫折和失望，我们生活的洪流正像伊犁河水一样地滚滚向前！

我又来了。我又来到了这块美好的、边远的、亲切的和热气腾腾的土地上。愿已经与世长辞的赫里其汗妈妈、斯拉穆老爹、阿吉老爹、穆萨子大哥们安息！愿年老的阿卜都热合曼老爹、马穆提和泰外阔老爹们在公社的照料下安度晚年。愿还在工作岗位上的阿西德、金国柱同志实现自己的抱负，做出成绩！愿当年的小孩子，现在的青年人能过上远胜于上一代的更加富裕更加文明的生活！巴彦岱的一切，永远装在我的心里。

是的，我没有忘记巴彦岱，而巴彦岱的乡亲们也没有忘记我，当依斯麻尔见到我的时候，他不是立刻提醒我，当年，是我给他写的结婚请帖，我帮他上的房泥；而我也立刻回忆起，那时他的夏日茶棚不是在南面而是在北面，他曾经有过一头硕大的黄毛奶牛吗？当那时的小姑娘、现在的三个孩子的母亲塔西姑丽见到我的时候，不是立刻问候我的妻子和我的孩子们吗？当吐尔迪、穆成昌……许多人见到我的时候，不是还询问我的那辆因破烂而在巴彦岱有名的自行车和黄棉衣的下落吗？他们不是绘声绘形地回忆起我在哪块地上锄草，在哪块地上收割，怎样撒粪，怎样装车吗？无怪乎曾经担任大队会计、现在担任公社财会辅导员的小阿卜都热合曼库尔班对我说："我不知道王蒙哥是不是一位作家，我只知道你是巴彦岱的一个农民。"没有比这更好的褒奖了！好好地回忆一下那青春的年华，沉重的考验，农民的情谊，父老的教诲，辛勤的汗水和养育着我的天山脚下伊犁河谷的土地吧！有生有日，一息尚存，我不能辜负你们，我不能背叛你们，不管前面还有什么样的胜利或者失败的考验，我的心是踏实的。我将带着长逝者的坟墓上的青草的气息，杨树林的挺拔的身影与多情的絮语，汽车喇叭、马脖子上的铜铃、拖拉机的发动机的混合音响，带着对于维吾尔老者的银须、姑娘的耳环、葡萄架下的红毡与剖开的西瓜的鲜丽的美好的记忆，带着相逢时候的欣喜与慨叹交织的泪花、分手时的真诚的祝愿与"下次再来"的保证，带着巴彦岱的盛情、慰勉和告诫，带着这知我爱我的巴彦岱的一切影形声气、这巴彦岱的心离去，不论走到天涯海角……

新疆的歌

黑黑的眼睛

在遥远的伊犁，几乎每一个本地人都会唱《黑黑的眼睛》这首歌，几乎每一次喝酒的时候都要唱这一首歌。

喝酒和唱歌这二者，从声带医学的观点来看是互相排斥的，从情绪抒发的角度来看却是一致的。

第一次听到这首歌是一九六五年冬天，在大湟渠渠首——叫作龙口工程"会战"的"战场"。我与农民们一起住在地窝子里。那里临时开设了几个食堂。寒冬腊月，食堂的厚重无比的棉帘子外面挂满了冰雪，也许不是雪而是霜，食堂里的水汽从帘子边缘逸出来，便凝结成霜。掀开这沉重得惊人的门帘，简陋的食堂里热气弥漫、灯光昏暗、烟气弥漫、肉香弥漫。更重要的是歌声弥漫，歌声激荡得令人吃惊，歌声令人心热如焚，冬天的迹象被歌声扫荡光了。

在关内的时候，我们也听过一些新疆歌曲。但是伊犁民歌自有不同之处，它似乎更散漫，更缠绕，更辽阔，没有开头也没有结尾，抒不完的感情连接如环，让你一听就陷落在那里，痴醉在那里。

从此我爱上了伊犁民歌。在伊宁市家中，常常能有机会深夜听到《黑黑的眼睛》的歌声。是醉汉吗？是夜归的旅人？是星夜赶路的马车夫？他们都唱得那么深情。在寂寥而寒冷的深夜，他们用歌声传达着对那个永远地长着"黑黑的眼睛"的美丽姑娘的爱情，传达着他们的浪漫的梦。生活是沉重的，有时候是荒芜的，然而他们的歌是热烈的，是愈加动情的。

后来我有几次与农民弟兄们一起喝酒唱歌的经验。我们当中有一位歌手，他是大队民兵连长，叫哈里·艾迈德。他一唱，我们就跟，随着每一句的尾音，吐出了无限块垒。我傻傻地跟着唱，跟着唱，却总觉得跟不上那火热的深沉与辽阔的寂寞。

也有时候我不跟着唱，只是听着，看着哈里和别的人们的那种披肝沥胆地唱歌的样子，就觉得更加感动。

一九七三年我离开了伊犁，一九七九年我离开了新疆。

一九八一年中秋节前后我重访伊犁，诗人铁依甫江与我同行。为了将《蝴蝶》改编成电影的事，长春电影制片厂的一位导演不远万里跑到伊犁去找我。一天晚上，我们一同出席伊宁市红星公社在西公园附近的一次露天聚会。饮酒之际，请来了民间的盲艺人司马义尔，他弹着都塔尔，唱起了歌，当然，首先唱的仍然是《黑黑的眼睛》。

他的声音非常温柔。他的歌声不是那么强烈，却更富有一种渗透的、穿透的力量。那是一首万分依恋的歌，那是一种永远思念却又永远得不到回答的爱情，那是一种遥远的、阻隔万千的呼唤，既凄然、又温暖。能够这样刻骨铭心地爱，刻骨铭心地思恋的人有福了，能唱这样的歌，也就不白活一世了！看不见光明的歌手啊，你的歌声里充满了对光亮的向往和想象！在伊犁辽阔的草原上踽踽独行的骑手啊，也许你唱这首歌的时候期待着人群的温暖？歌声是开放的，如大风，如雄鹰，如马嘶，如季节河里奔腾而下的洪水。歌声又是压抑的，千曲百回，千难万险，似乎有无数痛苦的经验为歌声的泛滥立下了屏障，立下了闸门，立下了堤坝。

一声"黑眼睛"，双泪落君前！他一唱我的眼泪就流出来了！

伟大的维吾尔族诗人纳瓦依说过："忧郁是歌曲的灵魂。"这又牵扯到一个民族的性格问题上来了。你为什么那么忧郁？由于干旱的戈壁沙漠吗？你的绿洲滋润着心田。由于道路遥远音信难传吗？你的好马和你的耐性使你们的交往并不困难。由于得不到心上人的呼应、得不到知音吗？你的歌、你的舞、你的饮酒又是那样地酣畅淋漓。而你的幽默更是超凡入圣。

快乐的阿凡提的乡亲们，却又有唱不完的"黑眼睛"的苦恋。

我没有解开这个谜。虽然我标榜自己对新疆，对维吾尔人的生活、语言、文字颇有了解。我至今学不会这个歌。虽然我喜欢唱歌、粗通乐谱、会唱许多歌，自信学歌的能力不差。那么熟悉，那么想学，却仍然不会唱。也怪了。

就让我唱不好，唱不出这首《黑黑的眼睛》吧。唱不好，但是我知道她，我爱她，我向往她。小小的一声我就能从万千音响中辨识出她。她就是我的伊犁，她就是我的谜一样的忧郁。至少是因为告别了伊犁，至少是因为它是唯一的我又喜爱又熟悉又至今唱不成调的歌儿。

阿娜尔姑丽

以喀什噶尔为中心的南部新疆的歌儿与以伊犁为中心的北疆的歌儿有很大的不同。如果说北疆民歌的代表是《黑黑的眼睛》的话，那么，南疆民歌的典型则是《阿娜尔姑丽》。"阿娜尔姑丽"的意思是石榴花，而这又是一个在南部新疆常见的姑娘的名字。这个名字很美。电影《阿娜尔汗》的主题歌就是根据民歌《阿娜尔姑丽》整理、配词而成。歌一开始便唱道：

> 我的热瓦甫琴声多么响亮，
> 莫非装上了金子做成的琴弦？

而民歌的起始两句，据我所知的一个版本是这样的：

> 夜晚到来我睡不着觉呀，
> 快赶开巢里的乌鸦，啊，我的人！

最后一个词是bala，是孩子的意思，这里叫一声孩子，类似英语中的baby，是一种昵称，故译作"我的人"。

以《阿娜尔姑丽》为代表的南疆民歌似乎更具有节奏感，人们唱这些歌的时候似乎正迈着沉重有力的步子，似乎正在漫漫沙石戈壁驿道上长途跋涉。四周杳无人迹，远山上雪光晶莹，干枯的柴草在风中颤抖，行路者的歌声坚毅而又温情，我好像看到了歌者的被南疆的太阳烧烤成了紫酱色的脸庞。

也许他们是骑着骆驼唱这些歌的吧？在"沙漠之舟"上，他们体验着大地的辽阔、荒芜、寂静与神秘；他们也体验着自己内心的火焰的跳动、炽热、熬煎和辉耀。他们已经漫游了许多日日夜夜。他们已经寻求了许多岁岁年年。他们已经创造了许多城市乡村。他们热烈地盼望着更多的人间的情爱。

我永远不会忘记我第一次受到这样的歌声冲击的情景。那是在叶尔羌河东岸、塔克拉玛干沙漠西缘的麦盖提县，一九六四年，我住在县委招待所，准备去洋达克乡。招待所正在盖房子，每天早晨八时以后，来自农村的临时建筑工开始上班。有两个年轻的女人，她们不紧不慢地用抬把子抬砖，一边装卸，一边走路，一边大声唱歌。她们唱的是《阿娜尔姑丽》，她们的唱歌就像呐喊一样自然、朴素、开阔、痛快，她们的唱歌就像呼唤一样响亮、多情、急切，期待着回应，她们的唱歌又像是一种挑战、放肆的发泄，自唱自调，如入无人之境。她们戴着紫红色的小帽，穿着红色的裙子，红色的裙子下面还有绿色的灯笼裤。这歌声响彻一个上午，中午稍稍歇息，又一直唱下去，唱到太阳快要落山。她们的精力，她们的热情，她们的喉咙里，似乎都有着无尽的蕴藏。

即使是生活在城市中、生活在忙乱中、生活在纷扰与风霜雨雪中也罢，想起这样的歌，能不为那股热流而心潮激荡么？

四月的泥泞

████████████　初到新疆生活的人，面对化雪季节的新疆的泥泞，实感惊心动魄。

在乌鲁木齐，和一些北疆城市，冬天的冰雪就够惊人的了。一层又一层的积雪，使公路变成了夹层冰道。汽车与自行车的车轮在冰道上刻印下了千道万道冰的辙沟，辙沟重叠、并排平行或者纵横交错。它似乎有一种象征的意味，人生的道路就是这样错综繁复而又难离旧道。歧路不仅亡羊，歧路亦常翻车。骑自行车最要紧的是不要使前轮陷入车辙沟，那种"重蹈覆辙"的结果一定是车把的"僵化"与自行车的翻倒。也有时候天可怜见，硬邦邦，歪歪斜斜的车打着滑冲出了小沟，像表演"醉车"——即醉汉骑车的特技一般，我们又可以骑车冰上行了。比起辙沟来，冰面的光滑反倒成了第二位的威胁。滑就滑，倒就倒吧，车照骑不误，虽然时而有某某人摔成了粉碎性骨折的消息。等到真粉碎了，也就不怕冰路了。

终于三月到了。三月下旬便开始化冻。天！大街小巷都变成了泥塘。穿上套鞋似还不够，在伊犁，必须穿上高腰胶靴。到了四月，泥泞更加透彻，虽然穿上了高腰胶靴，裤子上仍然会沾上泥巴。特别是一旦汽车驶过，泥点会溅到脸上、头发上、身上。你咒骂司机，司机又咒骂谁去呢？走在泥泞里，胶靴发出的不是噗噗的泥声，而是从泥里抽出靴子时造成的瞬间的真空、空气与泥形成的气泡破裂，然后稀泥又填补了真空所发出的呱呱呱的声音，像是江南夏日的蛤蟆叫呢。

泥泞中，土路上被马车和汽车轧出的辙印则更深重巨大，它不再是冰雪上的小沟小路，而是，简直是一条又一条的河道、河床！谁能想象，在这样的路上还能开汽车、赶马车、走行人乃至骑自行车呢！有时在将干未干的这样的河道里骑自行车，脚镫子蹬到了已干的"河岸"上，蹬起了尘土，磨坏了鞋底子……

在乌鲁木齐的一些巷子里，也有这样的泥泞河道奇观。所以当20世纪70年代初期，乌鲁木齐提出"出大力流大汗，定叫马路见青天"的口号，清除淤泥，露出巷子里的柏油路面，那时，我简直不相信自己的眼睛。我从来没有想到这厚实的泥泞下面，竟沉睡着沥青路面！我从没想过，这些巷子竟修过柏油路。"这是怎么回事？"我迷惑了。"有拆修房屋的，把老房土老墙土倾倒在路上，这样，就把路面盖上了。""老新疆"如是回答。是吗？我仍然觉得难以置信。有了好路却又莫名其妙地把它掩盖起来，那怎么可能呢？

见到那些北京上海的大城市的养尊处优的青年的时候，我禁不住想：让他们去新疆见识见识吧，哪怕只见识一下四月泥泞，他们就会懂得建设的不易，走路的不易，管理的不易，春天的不易，一切不易的不易了。艰难，这不正是我们每个人的必修课吗？泥泞，这不正是通向日暖风和的盛春与初夏的必由之路吗？这些大城市的孩子们未免活得太轻松太舒服了，他们上哪里了解"国情"去？上哪里结合实际去？如此这般，不知道这样想是否也有点"红眼病"的前兆。

据说现在已经没有这么多泥泞了。乌鲁木齐各单位承包门前的道路，不令雪积，不令冰就，到了化雪天气无雪可化，也就无泥可泞了。至于伊犁，像阿合买提江路之类的大土路，早已铺上了沥青路面，即使翻浆也成不了条条大河的河道了。乡下的土路呢？该是依旧吧？高轮牛车（二轱辘）可能正是为了适应泥泞的与多渠道的路面而制造出来的，如果车轱辘小一点，陷入没入泥中渠中，不就更麻烦了吗？农村，世界上正因为有农村，怀旧的温馨才有所寄寓，岁月的无情的冲刷之中才保留了几个安全的小平台。真没了泥泞，还能算新疆的春天吗？

而不论大的泥泞也罢，愈益减少的泥泞也罢，经过了化雪季节，新疆的盛春初夏是极为美妙的。待到百花盛开树叶纷披的时候，待到过五一国际劳动节的时候，不论有过多么吓人的泥泞，一点影子也不会留下了。一切都会变得清清爽爽，利利落落。到那时候你向一个外地人介绍乌鲁木齐或者伊犁的四月泥泞，说不定他以为你是在危言耸听或者"踩乎"边疆呢。

在公路上

新疆生活十六年，有过多次上路的经验。新疆大，一出差就要坐长途公共汽车，三天五天直至十天八天。公路上的生活，成为新疆生活的一个重要组成部分。

我还记得一九六四年从麦盖提县搭运粮车去喀什噶尔的情景。九月的白昼，沿塔克拉玛干大沙漠行进会觉得很炎热。司机决定开夜车，把三天的路程并成一天一夜。从上午开到午夜两三点，司机实在累得受不了了，便把车一停，人钻到车下面倒头便睡。不知道这个铺位的选择是不是为了挡风，太阳一落就又觉出冷来了。这个睡觉的地方看起来有点惊心动魄——车一滑动，可怎么办？

一会儿便传出了师傅的鼾声。我可没有那么大本事，迷迷糊糊，哆哆嗦嗦（冷的，不是怕的），心想来新疆可真没白来。北京那些朋友们，做梦也想不到我这伟大粗犷的经验吧。生活，可不只是大城市那点事呢。

在我脑海里，贮存着多次旅行于乌鲁木齐—伊犁之间的记忆。乌伊公路，对于我几乎可以说如数家珍。车过昌吉，"巍峨的"水塔似乎是乌鲁木齐派出来送宾客的标兵。呼图壁的发射台，庄严林立。玛纳斯的地名与柯尔克孜的史诗中的主人公相同。石河子的林带永远高唱屯垦戍边的颂歌。一边通向油城独山子，一边通向兵团农七师师部所在地的奎屯的指路牌开阔着你的胸怀，展现着新疆的辽阔。精河治沙的名声和精河西瓜的名声同样流传遐迩……然后就是五台了，这是真正的交通之镇，是古代驿站的扩大和改善。四面环山，中间都是旅店，好一个险要的去处。

天色不明就从五台动身了，一个多小时以后才到达可克塔拉的田野。下车，吃早餐，然后汽车上爬，如牛负重。赛里木湖——三台海子——到了。经过了漫漫沙石戈壁，这清澈碧蓝的高山湖泊给人以"此湖只应天上有，人间哪得见几回"的感觉。果子沟，芦草沟，清水河子，五零农场，巴彦岱，伊犁到了。

我尤其忘不了自喀什通塔什库尔干的国防公路。道路行驶在山边，巨石悬挂在头上，公路硬是从山腰里挖出来的，掏空了下部却炸不净山顶，危石悬空，陡崖欲坠，迂回盘旋，险路倍增豪情。生活是严峻的，道路是惊险的，驾驶是艰难的。还是收起来那小儿科的一帆风顺的幻想吧。

即使修好了一级路面，也仍然常常抵挡不住山林和泥石流的冲刷，塌方的蒙头盖顶以及春季解冻时期的泥泞翻浆。路被搞坏了怎么办？再修就是了。修好了车照样开，修不好转便道也要行车。经过一个海拔近四千米的龙头——苏巴什，再一个苏巴什。我亲爱的宁静峭拔的塔什库尔干到了，帕米尔旅馆到了，边境口岸红其拉甫到了。

　　在新疆，比在任何地方都更能感觉到交通厅的重要和无处不在。在新疆，比在任何地方都更能体会到司机师傅的权威与艰苦。离开了新疆，不免常常想起在那里的公路地面上行进的滋味也包括汽车在路上出了故障——新疆人一般称作"抛锚"——的滋味。即使有了更好更快的空中交通条件也罢，公路，地面上的交通仍然是无可替代的。公路旅行更能获得见闻。公路上，人更加同舟共济，一心向前，公路上，总好像有一个目标在催促你，赶紧，别误了车；而不论路程多么漫长，目的地不会太远。

心　声

　　■■■■■■■■　是一种好奇，是一种兴致，是一种对于生活，对于世界的摧毁不了的热情。

　　是向往，是痴迷。

　　对于别一样山水，别一样歌弦，别一样礼节和风姿，别一样服饰，别一样民族。他们什么都和你不一样，而又和你一样地和谐亲密地生活在同一片广阔雄健的土地上。

　　尤其是别一种语言。那一泻千里的水流，那从胸腔里迸发出来的笑声，那彬彬有礼的节奏，那母亲对孩子的温存，孩子对母亲的娇唤，那俯仰即是的幽默笑料，那慷慨激昂的朗诵，那波浪起伏似的对答，那铿锵有力的豪言壮语，那愤怒的斥骂，啜泣的哭诉，舒缓的劝慰，倒吸一口气的惊愕，满不在乎的否定，绘声绘形的惊呼与悠长的从丹田深处发出的叹息……

　　这就是维吾尔语言。生动、机智、纯朴而又多彩，富有生活本身的活力的维吾尔语。它属于阿尔泰语系，突厥语族——一个重要的语言系统，它源远流长而又与中华文化、伊斯兰文化、佛教文化有各种密切的关联。而最主要的，它是几百万兄弟的维吾尔人的思想和情绪、观念和感觉的表达手段。它是活蹦乱跳的、有魅力的语言。它就是维吾尔人的艰苦而又欢愉的、历经坎坷又蓬勃向前的生活。

它就是维吾尔人的泪和笑，诗和歌，小摇床和花毡，烤羊肉串和拉面，欢快的婚礼和肃穆的送葬。它就是维吾尔人的心。

我真羡慕你们，你们维吾尔的长者、姑娘、幼儿，你们熟练而又悦耳地运用着自己的民族语言，表达着最细腻的感触，享受着情感交流与智慧碰撞的无穷的快乐。

我要学会维吾尔语，我要与你们将心比心，以心换心。因为我爱新疆，爱维吾尔人的生活。我怕寂寞，怕隔膜，怕不应有的误解。我承认我对这个世界还懂得太少。我自己的世界还太狭窄，我的头脑还太贫乏。要开拓世界和心胸，先开拓语言。要交流，先掌握语言。要深入生活，又怎能离开语言。

这是一扇窗，打开了这扇窗便看到了又一个世界，特别是兄弟的维吾尔人的内心世界。

这是一条路，顺着这条路，你走进了边疆的古城、土屋、花坛、果园，进而走向中亚和西亚，走向世界。这是一座桥，连接着两个不同的民族，连接着你的心和我的心。这是一双眼睛，使你发现了少数民族的文化和历史。反转过来帮助你发现了自身的汉文化和历史。这是耳朵，使你周围的许多陌生的声音变得亲切、丰富、有意义。这是舌头，你能更加尽情地、淋漓尽致地表达陈述。这是灵魂，你感到了又一种民族性格的萌动与忧思、新的动机与新的启示。这是信念，是胸怀，是一种开放得多的时代精神，使你更少偏见、更多理解地走向边疆而且走向世界。

在新疆维吾尔自治区成立三十周年大庆的日子里，我又来到了博格达峰脚下，我又来到面貌一新、令人赞叹的乌鲁木齐了。我又听到了那流水一样的维吾尔语，我又能用经受了离别的新疆的维吾尔语与我的新老维吾尔友人谈笑风生了。那不是一般的语言，而是一个民族的心声，是我喜爱的奇妙的音乐。

夜半歌声

我算是爱唱歌的。听歌和学歌的能力也不能说没有。但我在伊犁那么多年，而且确实是那么爱听伊犁地区的维吾尔民歌，却至今没有学会唱一首伊犁歌儿。

不是由于笨。伊犁歌儿有一种特殊的散漫和萦绕。每一句的最后一个字都把声音任意拉长。旋律不断地周而复始又不断地变化，首首都无始无终。对于汉族同志来说实在难学。它是那样忧郁，那样深情，那样充溢着一种散漫和孤独的美，使你想到天山，想到大河，想到富饶和辽阔的草原，想到空间和时间都这样无尽无休无边无际。而渺小的人却有着那样巨大的、不可遏止的热情、痛苦和希望。我坚信伊犁的歌儿是给山唱的，给骑手耳边的风唱的，给远在千里之外的情人、母亲和朋友唱的。

喀什噶尔的歌儿就大不相同。奔放、热烈、富于节奏感，像是一种突破着重压的呐喊，使人联想起南疆塔克拉玛干大沙漠和塔里木盆地的炎热的夏天，联想起骑着毛驴、一颠一颠、长途跋涉的行人。喀什噶尔人在严酷的条件下绣花一样地编织着阡陌纵横的绿洲，无遮拦的太阳晒黑了人们的皮肤，强化着万物的焦渴，也积累着瓜果的糖分，积累着喀什噶尔人的火一样的情思。

我从来还没有听过像喀什噶尔民歌那样温柔又那样野性的歌。它充满了野性的温柔和温柔的野性，唱完听完以后你觉得全部生命、全部身心都得到了尽情发挥。

我从来还没有听过像伊犁民歌那样忧伤又那样从容而且甜蜜的歌。它充满了甜蜜的忧伤和忧伤的甜蜜，唱完听完以后你觉得你已经体验遍了人间的酸甜苦辣，你已经升华到了一个苦乐相通、生死无虑的境界。

一九八一年我重访伊犁的时候，在以栽植苹果著称的伊宁公社，度过了一个难忘的夜晚。主人请来盲歌手达乌德，为我们唱了一夜。达乌德看样子不过三十多岁，中等身材，彬彬有礼，双目失明。一九七一年，在一个朋友家的聚会上我已经听过达乌德的歌唱。据说要请他参加聚会唱歌，要前三个月便去相约、"挂号"、排队。十年后的这一次，他唱得更加成熟和深沉，他的音量不太大，但是嗓子特别甜，那是一种男性的甜美的嗓音，一唱三折，委婉摇曳，就像伊犁的苹果一样芳香，又像伊犁的青杨一样潇洒。才一声，"刷"地使我流出了两行热泪。

当两行热泪落在我的两腮上的时候，我对自己竟有那么一点满意，我毕竟没有白白地喝了那么多伊犁河的乳汁，没有白白地喝了那么多贫农老大娘阿依穆罕亲手做好、又亲手端给我的奶茶，我的心没有离开伊犁河谷，没有离开伊犁的父老兄弟。让我和你们围坐在一起，好好地听着盲歌手达乌德的歌，快乐地大哭一场吧！

达乌德的眼睛是怎么瞎的？他的生活道路是什么样的？为什么他竟能唱得那样好？这常常引起我的遐思。也许我应该采访采访，写一篇小说，一个歌剧舞台本，一个电影脚本吧，什么时候去呢？

但我现在要写的不是他。而是一个不知名的，我从未见过面的并非歌手的人。

一九六五年秋天，我迁家到伊犁以后住在解放路的一条宽大的土巷里。我的住房的窗子和多数伊犁居民的住房的窗子一样，是临街的，有许多个深夜，大约都是零点到一点的样子，我听到一个喝醉了的男人的歌唱。涨潮落潮一样的、大起来又小下去又大起来的声音，标志着他喝多了苦酒，也标志着他的感情像来自远方的海潮，一个浪头又一个浪头地涌起退去。沙哑的、有时候接不上气、断断续续唱出的声音使我猜想他的年纪已经不轻，青春已经成为不复返的过去。沙哑的声音还包含着一种特殊的悲凉，他是哭哑了的？他是喊哑了的？他是渴哑了的？他的心灵大概像龟裂的土地，何时才能得到甘露的润泽呢？当我正为他的歌声所传达的悲凉而战栗的时候，忽然，他的歌声变了……无可奈何花落去，似曾相识燕归来……这歌声怎么这样熟悉呀？却又全然想不起……

原来是《山楂树》，这是俄罗斯的《山楂树》，俄罗斯的节奏，俄罗斯的旋律，俄罗斯的歌词，我学会唱是在中苏友好的年代。

然而，他唱的时候用的是纯粹伊犁民歌的发声方法，维吾尔的、更精确地说是他兰契（维吾尔的一个分支）的歌唱方法。这种唱法使我竟久久认不出这似曾相识的燕子。

但他的声调变了，情绪也变了，一种那样甘美的眷恋，几乎是孩提般的单纯和满足透过他的歌声流露了出来。我坚信，他在唱他的永久的思念，永久的慰安。

后来我又多次听过他的歌，他好像就站在我们的窗前，扶着那棵白杨树唱。每逢过维吾尔族"年"，他唱得就分外多也分外好。估计那种时刻他喝的酒也最多吧？午夜，睡醒一觉听到他的唱歌，唯觉百感交集，难以状述。

每次唱都是两个歌轮番唱。我总算弄清那个维吾尔族语歌儿的歌名和内容了，那歌叫作《羊羔般的眼睛》。然后是天真美妙的《山楂树》，他是用俄语唱的，虽然他的发音正像他的发声一样，全是维吾尔——他兰契味儿。

后来是武斗，后来是搬家，后来是《逍遥游》中描写的那些奇异的经历。后来又转了一圈，终于在一九七一年我本人已经到乌鲁木齐南郊五七干校就学深造以后，我的家属把家搬回解放路那条土巷里。她们又听到过这不知名的汉子的醉歌吗？我没有问起过，她们也没写信告诉过我。当时让人发愁的事太多了，谁还顾得上这个并无一面之缘的唱歌人呢？

最后一九七三年，终于办好了把"家"再迁回乌鲁木齐的手续。在人已经全到了乌鲁木齐以后，已又是秋天了。中秋节前夕我孤身一人回伊犁搬坛坛罐罐。我回到伊犁的已经把各种家什装箱打包的家，去办理了转户口、转粮食和副食关系……又联系好了汽车。诸事完毕，只等第二天装车开路的那一夜，当我以充满惜别的心情辗转于卧榻上的时候，深夜，他又来了，我忽然又听到了这久违的、熟悉的歌声。

你羊羔般柔顺而美丽的眼睛！
你永远消失了的温柔而明澈的眼睛！
你雾里的河边的山楂树！
你没有在伊犁生长过、却被唱过的山楂树！

你是谁？你在唱什么？你为我送行来了吗？你唱你爱过的姑娘吗？我猜你爱过一个俄罗斯姑娘，她是十月革命以后逃到伊犁的白俄的后裔，当第二次世界大战以后苏联改变了对昔日逃亡的白俄的政策以后，或者当20世纪60年代初期中苏关系恶化以后，这位姑娘回到贝加尔湖，或者乌拉尔山，或者涅瓦河畔去了，于是，你永远失去了她……无论如何，你恪守着对于祖国的忠诚，对于伊犁的忠诚，对于青春和爱情的无限的眷恋，和永远不会磨灭的对于明天的希望。

谢谢你，给我唱了这么好的歌！谢谢你，你给了我这么多。

你永远是我的，我也永远是你的。不是"别了"，而是"再见"。再见吧，伊犁，过几天我还要去看你！

又见伊犁

　　离开新疆后，一九八一年我曾返回伊犁，并且去了尼勒克牧区。这次经过九年再来，相隔的时间不算短也不算长。当飞机飞越天山的时候，也许可以说有点激动。我只是说"有点"，因为这一切似乎驾轻就熟。同样的天空，同样的航线，同样的噪音很大的安-24飞机，别来无恙的山山水水……这里没有任何不寻常的地方。

　　一下飞机就立刻感到了伊犁的宁静与清新。与乌鲁木齐相比，伊犁有一个更长的秋天，空气中弥漫着一种爽利的秋意，树叶正在变黄，天气稍稍凉一点，我的呼吸变得格外轻松和舒适……朋友们热情地向我介绍伊犁的变化，新的高楼大厦，新的柏油路面，新的商店市场。但我更愿意说伊犁没有变，不变的是她的悠然与安适，不变的是她的透明的秋天。就连新增加的许许多多的"六根棍"马车，我觉得与其说是新添，不如说是回复，我从它们那里获得的是一种怀念的旧情。

看看老邻居、老住所，也是一番无言的感慨。绿洲俱乐部对面的解放路二巷巷口已经认不出来了，找不到活渠，老杨树也被砍伐了许多。原来我们住过的第二中学的教工家属宿舍纷纷自己围起了院墙，那时候就无人照料的几株小苹果树已经无存，而人仍无恙。一个又一个的老师都见到了，眼泪涌了出来。有两个老师曾经与我一起在一个寂寞的春节开怀痛饮，现在一个已经大大地发福而豪迈的风度依旧，另一个却使我未能辨认出来。一个老师因为不知什么罪名而在那时不能任教，他赶着马车为大家运煤炭，皮里青、察布查尔、干沟、铁厂沟的煤矿成为他常常出没的地方。如今，平了反退了休，也算是安度晚年吗？他流泪了，我们也流泪了。

还有那个躲武斗时居住过的新华西路"大杂院"，房东老太太和她的长子已经去世，她的孙媳妇住的正是我们当年的房子。另一家的小孩子早已长大成人，我们看到的是他的媳妇和酷似当年的他自己的孩子。时光果然已经流过那么多那么多吗？逝者长已矣，生者独恻恻，"别来无恙"。"别来无恙"并不容易，"别来无恙"又是怎样珍贵的欣慰！

不要说巴彦岱了。那是承受不了的回忆、友情、温暖与挂记。老书记已经退休，他的院子里堆满了金黄的玉米。他站在院门口寻找我，我说："在这呢！"走进院子，我说："你这几间房子，还是原来的吗？""当然了。"他答。"你这房梁，还是我帮着上的呢。"我回忆起了给他上房梁的事。

我的老房东仍然健在。他的家里也挂上了颜色鲜艳的挂毯和腈纶毛毯。而在庄子，另一家老房东与房东大娘已经谢世。他们的儿媳妇与我抱头大哭。是哭逝去的时光与逝去的长辈吗？是哭这终于又见面了的欢欣？在他家的墙壁，还挂着我一九八一年来时与他们全家包括逝者的合影呢。

也许这并不算记忆的恢复，因为记忆从来未曾消失。也许这不算时间的衔接，因为一九七三年我们就从伊犁搬走了。再来，再多来，我们毕竟已经不能朝夕相处，我们各自有各自的天地、各自的忧乐。也许这也算不上叙旧，因为热情的招待，"堵住嘴"的食品和众多的乡亲使我们很难认真地说点什么。然而，为什么我又觉得我们是这样地互相了解、默契、知心！没有说出的话也许比说出的话更透亮，没有交流的回忆也许比已经交流的回忆更深刻地深藏在我们的心中！我们之间已经不需要说更多的话了，伊犁的乡亲啊，知我爱我，这不是几句话可以表达的。

与其说是激动，不如说是平静。伊犁这块土地是实在的，人们的日子越过越好，伊犁的丰姿越来越美，伊犁的友人永远那样友好和热情。我从来没有离开过伊犁，想离也离不开。就让伊犁成为我永远的思念、永远的慰安、永远的镜鉴吧，我还要歌唱你，你是我永远的歌。我常常遗憾而且急躁，我在伊犁那么多年，怎么没学会一首道地的伊犁民歌呢？比如那首《黑黑的眼睛》，我听人唱过不知多少次，我为之沉醉，为之落泪，为什么至今没有学会唱它呢？我觉悟到，这是一个启示，一个象征。关于伊犁的歌，还要慢慢地学，慢慢地唱呢。我要学唱伊犁的歌，又舒缓又热烈，又迂回又开阔。我要永远问自己，怎么样才能惟妙惟肖地歌唱伊犁？

第三辑：
目中经典

　　《红楼梦》令你叹息。《红楼梦》令你惆怅。《红楼梦》令你聪明。《红楼梦》令你迷惑。《红楼梦》令你心碎。《红楼梦》令你觉得汉语汉字真是无与伦比。《红楼梦》使你觉得神秘，觉得冥冥中有一种不可思议的伟大。

　　　　　　　　——《我爱读〈红楼梦〉》

读《红楼梦》是一次勇敢的精神探求。在那个世界里，你将听到什么，得到什么呢？

——《我爱读〈红楼梦〉》

今天读《论语》

　　今天还要不要读《论语》？我说要读。不读就不知道中国国情与中华文化。虽然《论语》从当初就受到道家、法家及一些著名人士的质疑，近现代以来更受到极大的冲击与反省批评，但它仍然活在中国人的心中。"礼失求诸野"，虽然《论语》早已不是主流意识形态的头号经典，但它仍然令国人感到亲切动人。戏曲中所提倡的"忠孝节义"，人们对于"以德为先"的认同，对于忠臣奸臣、清官赃官的析辨，对于敬天积善、古道热肠、崇文尚礼、勤俭奉公的推崇，都证明着《论语》的活力至今犹存。

　　《论语》记录的是以孔子为代表的一些人，处于乱世、面对血腥的争夺、忤逆、阴谋，挽狂澜于既倒的努力。《论语》提倡的是文化理想主义与道德理想主义，主张从人的善良本性、从孝悌出发，发展忠信礼义的美德；以仁爱为核心，优化世道人心；"为政以德"，以道德引领家国，以礼法规范社会，维护秩序。《论语》说的是，执政者的首要任务是教化，首要要求是示范作用，首要职责是"修己""安人""安百姓"。

《论语》中孔子说"德之不修，学之不讲，闻义不能徙，不善不能改，是吾忧也"，这些话，两千五百年后的我们，仍然深有同感。

孔子提倡的君子之道，对于今天提高思想境界与为人修养，仍有很大的参考价值。他提倡的中庸之道与多种美德，也有助于我们统筹兼顾、恰到好处、平衡完善。

《论语》讲的劝学诸语，"见贤思齐焉，见不贤而内自省也"，可与今天的学习先进和批评与自我批评对接；"三人行，必有我师焉""十室之邑，必有忠信"，提醒我们充分调动精神生活中的积极因素；关于"举一隅不以三隅反，则不复也"，也在告诫我们不能搞本本主义；尤其是"学而不思则罔，思而不学则殆"的说法，在今天的网络时代、信息爆炸时代，更有其特殊的切实性与深刻性。

读《论语》，我最感动的是它的"反求诸己"精神。孔子引用《诗经》上的诗："唐棣之华，偏其反而，岂不尔思，室是远而"，意思是唐棣的花枝，在风中摇摆，我怎么可能不思念你呀，我离你实在是太远了啊。孔子评论说："未之思也，夫何远之有？"美好的德行与理想，想就是有了，你想都没想，谈得到什么远与近呢？孔子说："仁远乎哉？我欲仁，斯仁至矣。"

文化是生活，也是理想。《论语》的理想并没有全部落实，但这不是贬损《论语》的理由。理想永远高于现实，美好的理想正是美好的文化元素，是对现实生活的不可或缺的感召。

《论语》很美好，它的思想有利于社会的稳定与文明化。历代统治者拼命树立儒学的地位，反而使儒学呆板化皮毛化停滞化。但儒学仍然不但起着维护统治的作用，也起着对于权力系统进行文化监督与道德监督的作用。朱熹对于《论语》下功夫，曾被当时的统治者视为危险人物，便是明证。

五四新文化运动与其后蓬蓬勃勃发展起来的人民革命文化，给了《论语》为代表的传统经典以很大的冲击，但也是一个破旧立新、起死回生的洗礼。我们要的是对于传统文化精华的珍惜与弘扬，是最大程度地开拓我们的精神资源，是面向世界、面向未来、面向现代化的新发展新创造，是读通吃透《论语》的新境界新水准，并且使之与五四新文化运动与人民革命文化整合，使中华文化踏上新的台阶。

《列子》故事中的玄机

　　　　　　　　《列子》第四章《仲尼》中，讲了这样一个故事，很有点中华玄机意味。

　　原文是这样的：

　　子夏问孔子曰："颜回之为人奚若？"子曰："回之仁贤于丘也。"曰："子贡之为人奚若？"子曰："赐之辩贤于丘也。"曰："子路之为人奚若？"子曰："由之勇贤于丘也。"曰："子张之为人奚若？"子曰："师之庄贤于丘也。"子夏避席而问曰："然则四子者何为事夫子？"

　　曰："居！吾语汝。夫回能仁而不能反，赐能辩而不能讷，由能勇而不能怯，师能庄而不能同。兼四子之有以易吾，吾弗许也。此其所以事吾而不贰也。"

说是子夏向孔子提问："颜回的为人怎么样啊？"孔子说："他的仁爱胜于我呀。"又问："子贡的为人怎么样呢？"孔子说："他的口才胜于我呀。"再问："子路的为人怎么样呢？"答："他的勇气胜于我啊。"最后问："那么子张的为人怎么样呢？"答："他的严谨庄敬胜过我哟！"子夏听到这里，离开座席，起立，恭恭敬敬地请教道："既然他们四人都是胜于您、超过您的，为什么他们还要侍奉先生您做老师呢？"

孔子说："请坐，请听我说，颜回确实是仁爱的，但是他不明白有时候不能仁爱（而是要分清是非，弃恶扬善）；子贡确实是雄辩的，但是他不明白有时候不要去辩（需要的是沉默寡言，此时无声胜有声）；子路也非常勇敢，但是他不懂得有些时候要示弱（该退则退，息事宁人，如老子说的'柔弱胜刚强'）；子张确实是庄敬严谨的，但是他缺少必要时候求同的智慧（随和妥协，争取多数啊）。这样，即使四个人的优点全给了我，我也不能接受与他们调换的，这正是他们始终不贰地以我为师的原因喽。"

大哉斯言！这就是中华文化的玄机妙理，相反相成，互悖互补，有无相生，阴阳和谐。老子说："世人皆知美之为美，斯恶矣，皆知善之为善，斯不善矣。"只有一个正面是不够的，还要看到、理解到、有办法应对各种的负面。仅仅欣赏迷恋美不足为训，你关注不关注、理解不理解、有没有办法帮助引领不够美的人士包括残疾人，畸变人，由于丑陋而找不到配偶的人，整形失败毁容的人以及羡慕嫉妒恨别人的美丽并因此愤愤不平、仇视社会、仇视美好的红眼病人的生活与权益呢？仅仅提倡善德也是不够的，你有没有力量与智慧应对伪善、不善、凶恶、极端、分裂、恐怖势力呢？你有没有办法对一切丑恶虚伪凶残提供感化教育直到管理控制打击呢？

仁者不是好好先生，不是"妇人之仁"，不是多愁善感的酸秀才，不是机会主义。仁者更要有杀伐决断、原则底线、刚正不阿、疾恶如仇的这一面。

辩者尤其不能成为夸夸其谈、巧言令色的牛皮大王。要同时能够谨言慎行，聆听对方，换位思考，邦有道则知则辩则仕，邦无道则愚则讷则卷而怀之。尤其是咱们的文化传统，常常怀疑能说会道的人的人品与担当，挑剔他们的言与行、名与实的距离。英国人也懂得，好话是银，沉默才是金。

勇的含义在传统文化中更是极为有趣。古语"知耻而后勇""知耻近乎勇"，还有"勇者无惧"。就是说首先是对自己勇。孟子还谆谆教导，要明白匹夫之勇、敌一人之勇，与"文王之勇"、一怒而安天下之勇、敌万人之勇的区别。"有勇无谋"，历来受到传统文化的嘲笑贬低。老子甚至于提出"勇于不敢"。而孟子所说的"好勇斗狠"更是全然的贬义。这里列子所说的孔子讲的知"勇"还要知"怯"，无非是说该进则进，该退则退，打得赢就打，打不赢就走，敌进我退、敌驻我扰、敌疲我打、敌退我追的意思。毛泽东的战略，玄机大大地有！

"庄"是好话，中华文化讲究的是"庄敬自强"，庄敬是对人，更是律己，要自爱自敬自尊自律。同时，除了庄敬的一面，传统文化讲究的是和谐，是亦庄亦谐，是和光同尘，是知白守黑，适当低调，不要刺目，不要脱离大众，截断地气。自古以来，中华圣贤就主张既不要尾巴主义，也不要先锋主义。老子说："我有三宝，持而保之：一曰慈，二曰俭，三曰不敢为天下先。"这里的"不敢为天下先"，不是不敢发明创造，而是说治国理政的君王权力系统，不要提出过于超前的口号目标，不要脱离百姓人民。至于理论创新、制度创新、科技创新、文化创新，正是我们后人所要强调的，不要忘记老祖宗提倡的"苟日新、又日新、日日新"这一面，更不能忘记"庄"的重要。庄，让我想起毛泽东的名言："世界上怕就怕'认真'二字，共产党就最讲认真。"

正是中华文化传统的"既要这样又要那样"的思维模式，一生二、二生三、三生万物的思维玄机，还有《尚书·虞书·大禹谟》的"人心惟危，道心惟微，惟精惟一，允执厥中"十六字心法，十六字玄机，保住了中华，保住了人民共和国，保住了改革开放的成功，保住了发展的奇迹与大局的稳定，而不是像某些社会主义国家一样改革得稀里哗啦。难道我们不应该好好琢磨琢磨吗？

再发挥一下"允执厥中"的十六字心法。相传这是虞舜向他的继任人夏禹传授的修心养性、治国理政的"万世之法"。舜告诉禹：旦夕祸福，人心难测，归心离心，人心险恶，顷刻巨变，载舟覆舟。而这一切取决于天道天心，道心（天意，也就是我们说的玄机、规律）精微，把握匪易，失之毫厘，差之千里，玄而又玄，全在一心。做君王的，只能公允诚恳，掌握分寸，不偏不倚，体察精致，精神贯注，老老实实，始终如一，中正周全，恰到好处。

读荀恨晚

荀子曾经与孟子齐名。前者主张性恶，后者主张性善。当然，孟子衔居"亚圣"，荀子在后世的影响比不上人家，这与时间的先后次序有关，也与性恶说在中国不占上风有关。传统文化是注重感情的文化，说人生而性恶，民众士人感情上都不好通过。

但荀子的重点不是骇人听闻、痛心疾首地揭露、拷问与哀叹人间的恶人恶行恶性恶情，像某些作家如雨果、陀思妥耶夫斯基写到诸恶时那样。荀子的调子是人类生而难免有欲有私有争有恶，惜哉痛哉怜哉。荀子的性恶论带有怨而不怒、哀而不伤的特色。他的性恶说，重点不是控诉、审判、斥责人世间与人类的低劣本性，而是强调礼义教化的不可或缺，圣王教化与管理的不可或缺。他强调的是：仁义道德有赖于后天人文文化、圣贤文化、规范秩序培养、严刑峻法惩戒，还有天子与诸侯既仁爱又强势的治理。然后才能抑恶扬善，化恶为仁，在内圣外王的圣王带领下，构建天下归仁的太平与福祉。

他的性恶论易于与韩非子等的法家论述接轨，但荀子儒法兼收，儒学为主，在认同法、刑的重要意义同时，尤其强调仁心仁德、为政以德、教化至上、圣贤（精神导师）至上，强调礼制法制的严格规范性；同时，对于老人、残疾人、边缘之人等也有各种变通通融折扣的柔性思路。在某种意义上，荀子的性恶论有他的先进与务实处，与孔孟相比较，荀子接地气多一些，高大浪漫的调门降了一些。

"左之左之，君子宜之，右之右之，君子有之"，荀子含义丰富地引用并称颂《诗经》上的这两句诗，连通了孟子"资之深，则取之左右逢其原"的名言，表现了他对于治理的立体性、多面性与可调整性的认知。尽管后世对这些说法有不无呆板与平庸自囿直至与原义相悖的解释，我们还是可以看出，一个真正追求经世致用，并能联系治国平天下实际的大儒，与只会寻章摘句的腐儒截然不同。前者能坚持义理原则，也能具体地分析具体情状，还懂得开拓思路，调整部署。而后者，只能把活学问把智慧的能动性搞成较劲的、缩手缩脚的死定义。

以礼经国，以乐辅礼、助礼、饰礼，以圣贤制礼乐，以德为政，以仁厚服人取天下，以严刑峻法保持威慑，以战车军备御敌，以圣贤伟士人才自强，这是荀子之道的全面性、复合性与整体性。荀子最好的理想是备暴力强迫手段而不用，以软实力赢取民心——以王道得天下。这实在是极有特色的中华文化传统。

仁心在内，礼制在外，有阶级尊卑的秩序规则，有文质彬彬的言语举止，有对于犯上作乱的警惕禁忌惩戒，有兢兢业业的自我约束，有正心诚意慎独的自我自律修养，有以礼为先为美的舆论共识，有是非荣辱之心，存是去非，求荣知耻，乃有规格、格调、正理、章法：生老病死、和战吉凶、朝廷内外、生杀予夺、民生百事、社会分工、资源分定、祭奠庄严、宗教神祇，都有礼乐、引领、规则、章法、节奏全覆盖，社会自然高雅太平，举止文明，各安其位，无乱无争，无邪少恶。

而且，早在两千多年前的荀子就指出："祭者，志意思慕之情也。忠信爱敬之至矣，礼节文貌之盛矣……其在君子以为人道也，其在百姓以为鬼事也。"这样的论述，既尊重人们的感受与习俗，又强调了礼的文化意义，而与愚昧迷信拉开了距离，其立论之清醒与实事求是，至今难出其右。

荀子相当平静地指出了欲与恶的存在，既保持了敬天的基因，又面对了天与人的区分与实际距离，提出与其和天较劲、不如致力于人事的纲领。同时，荀子在中国传统文化论述中罕见地肯定了人欲的不可能去除、不必上火针砭、不需深恶痛绝。生而有欲乃至多欲，是正常的，是无法消灭的，不应该向大众提出压制或消灭欲望的口号。问题不在于有欲无欲，而在于你的欲导引了你的什么行为，有欲则可，因欲而行为不端、无礼违法则断然不允。以礼义规范欲，乃是文明；而以为可以以礼义消灭欲，则是狂悖呓语。在中华传统文化的戒欲防欲制欲主流中，荀子为欲有所辩护通融，也是一家之言而振聋发聩。

孟子的性善论则给儒家思想披上了美好理想，成为人间乐园、美德治平、天生孝悌的幸福长衫。天性即是人性，天心即是人心，天性善，这是儒家天人合一主张的重点。而老子天地不仁的说法，大大降低了人们对待天地、自然、世界的自作多情——"酸的馒头"（sentimental）。

荀子尤其强调礼，强调礼的文化性、规范性、治理性、祛恶性、和平性，同时强调礼的前提是义——道义与原则。道义与原则践行在外，诚于中而形于外，暖和于中而严正于外，乃构成礼——彬彬有礼、谦谦君子、以文化人、永不生乱。

一方面荀子介绍古礼，细致生动具体有趣，入情入理，可亲可爱；一方面，荀子又借孔子之口讲论：比起戴什么样的帽子的礼数来说，权力系统的人——天子、诸侯、公卿，更应该关心的是仁心人心良知正道。

比起《论语》《孟子》来说，《荀子》的篇幅要大得多。他讲的许多问题比较细、比较切合实情。

荀子专门讲了君道——天子、帝王、君王之道，强调一切都要遵循效仿唐尧、虞舜、夏禹、商汤、文王、武王、周公。同时荀子又提出了"法后王"观点：他不搞复古，不认为中华文化唯古是瞻、越古越好。他倒还没有提出厚今薄古，但颇有些厚古更厚今、活在当下的意思。他提出道义仁礼德的观念，认为这些带有终极价值意义的范畴其实是来自天地榜样垂范，来自圣人教化，是高于权势的，是决定权势被承载拥戴、抑或被颠覆毁灭之不同命运的，是具有崇高性权威性不可逆性的。他认为君王与贤良是要知天命的，是不可违背天命的，正如今日之强调不能违背历史与社会的发展规律。同时他又提出了圣人"不求知天"的重大命题：不赞成将心智用在宗教式的终极形而上的空泛高论或占卜式的猜测赌博上，而是认同人间正道，认识人间的可与不可、能与不能、义与非义、礼与非礼，有所选择有所把握，有所修为，这甚至令人想起让·保罗·萨特的无神论的存在主义，想起萨特的"存在先于本质"。而荀子关心的首要，不在于萨特式知识分子的选择，而是君王权力系统的选择。荀子认为，坚持礼义与礼制，在不同的等级层次上践行守护仁德，搞清名分，确定万民万事（日理）万机的统类——性质，也就是孔子强调的正名，是治国理政的首要。

王者不仅合乎天道儒道，荀子还讲王制，即王者的治理法度。他说："奸言，奸说，奸事，奸能，遁逃反侧之民，职而教之，须而待之，勉之以庆赏，惩之以刑罚。安职则畜，不安职则弃。五疾，上收而养之，材而事之，官施而衣食之，兼覆无遗。才行反时者死无赦。夫是之谓天德，是王者之政也。"

意谓："对于说话、主张、做事耍手段、钻空子、不安分、偷奸使坏之人，要给予安置，加强教育，适当等待，有所鼓励引领，有所惩罚警示。能够接受安置的就让他们安定下来，不能接受安置的只好予以舍弃。"

"对于几种残疾人，君王要收养他们，使用他们的才具，救济他们的衣食，全面覆盖，不能遗漏。"

"而对于颠覆社会秩序的人，只能坚决处死，不能赦免。这样做，合于天道天德。这是王者的施政方略。"

这已经突破了儒学的为政以德、道之以德、齐之以礼的范畴和礼教，讲到一些精明强悍的用权手段和计谋了。虽然在其他地方，荀子多次反对治国理政的计谋化。

荀子讲正名，强调桀纣之类的独夫民贼、无道昏君，根本不能算君王，而伊尹、周公等的临时行使君王权柄，也绝非悖逆。荀子的治理思想，包含着对非治、悖逆形势的承认、解释与对策。

荀子强调：法者治之端（根据），君子，法之原。就是说要以人治保证法治。他说：明主，急得其人，暗主，急得其势。就是说，礼义第一，用人第二，炙手可热的权势只能叨陪第三。他的人治高于法治论现在看来也许不怎么对，但这些说法仍然惟妙惟肖，来自古代后代本土实践，令人觉得荀子实有朝廷官场政治生活经验，细腻翔实。他描写的政治生活现象可闻可见可触可以务实评析，绝非凌空蹈虚之论。他没有孟子那样高调，但是比孟子扎实。

操作起来，他认为天子、诸侯君王们的主要职责任务是用贤人、清奸佞、赏罚分明、绳墨公平。荀子甚至强调说天子君王是正道驱动者、布局者、指挥者与裁判者，而做事处理日常政务主要是靠你用的"相"，以及贤良臣子。荀子认为，有好人好用，天子诸侯可以劳逸适度，可以更多地享受生活，可以更主动地评价监督调配，高高在上，主动在己，进退咸宜；当然，这只能是一个角度。历史上的"明君"，更多是将决策与用人结合起来的。用毛主席的说法，是"出主意、用干部"，而邓小平的说法是："抓头头，抓方针。"

荀子讲臣，把臣子分为几种，一曰态臣，靠表态作态取宠信者是也；二曰篡臣，做官而扩张权势、穷奢极欲乃至架空君王者；三曰功臣，取得信任，办实事者也；四曰圣臣，忠诚于君王，忠诚于正道，有所完善，有所谏争，不但出色完成了君命，而且树立了典范、优化了形象，改善各方对于权力系统的舆论观感者也。不用多说，这样的区分，相当地道！

荀子注意区分谄（媚）、忠（诚）、篡（夺）、国贼这四种为臣之道，荀子提出了谏、争、辅、拂这四种社稷之臣——国君之宝；并提出了从道不从君的说法。他高度评价了本土传统政治学对于谏争的讲究。

荀子对于君子小人的说法也极高妙。说小人为什么常戚戚呢？"小人其未得也，则忧不得；既已得之，又恐慌失之。是以有终身之忧，无一日之乐"，此说令人如见其人其事，忍俊不禁。

在论述到诸侯国势强弱的时候，荀子更强调的是软实力，是君王仁心，是民心向背，是君王的人格修养、道德形象、以文化人之力量。

书中还有乐论，被今人称之为"礼乐同构论"。荀子谈音乐的专门知识很少，强调的是重大礼仪上的音乐使人庄重，正派的音乐在培养礼敬、诚笃、恭顺、和谐的社会氛围、朝廷氛围、移风易俗方面有巨大作用，同时严厉批评了墨子的非乐论。

荀子猛批墨子的狭隘、过度与呆木，荀子也极度轻蔑公孙龙等人的概念与逻辑推导质疑游戏；恰恰从中可以看出，墨子的许多适宜于较低生产力水平的政策设计如薄葬、废乐等等，与公孙龙的思维训练曾经发生了多么大的影响。我们从中还可以看到当时的士人对于被后世所称道的百家争鸣局面的负面感受。当然，荀子在具有充沛的使命担当、坚持正道的同时，似有学术思想上拘泥平面化的一面。荀子极力为孔子的诛少正卯辩护，强调心达而险、行辟而坚、言伪而辩、记丑而博、顺非而泽，这五种具有异己色彩的人是小人中的桀雄，荀子认为这样可能的反对派，比刑事犯罪如盗窃更危险，必须诛杀无赦，这有点过线了。

　　我们可以从《荀子》中读到一些与法家乃至道家相通的思想：关于把握好赏罚、关于权力系统的治理需要与民心结合起来，还有看国家的力量不能只看地盘，更要看君王公卿受拥戴程度等等。我们会想起老子所讲的"功成事遂，百姓皆曰，我自然"，我们也会想起韩非的"明主之所道制其臣者，二柄而已矣。二柄者，刑德也"。这说明了荀子有后发优势，从孔到孟到荀，治理思想是有前进与发展的。

　　荀子的文字极有特色，写得有理有据，有声有色，有的地方痛快淋漓，有的地方无微不至，有的地方渊博丰富，有的地方大义凛然。读起来如飨大餐，丰厚全席。

　　整个说来，我个人，长期缺少对于荀子的认真关注与足够重视，近四年来，我读荀思荀，发挥荀，极有兴趣，痛感需要看重、再看重、多多看重荀子。

我爱读《红楼梦》

　　我爱读《红楼梦》。《红楼梦》是一本最经得住读，经得住分析，经得住折腾的书。

　　《红楼梦》是经验的结晶。人生经验，社会经验，感情经验，政治经验，艺术经验，无所不备。《红楼梦》就是人生，《红楼梦》帮助你体验人生。读一部《红楼梦》，等于活了一次，至少是活了二十年。

　　读《红楼梦》，就是与《红楼梦》的作者的一次对话，一次"经验交流"。以自己的经验去理解《红楼梦》的经验，以《红楼梦》的经验去验证、补充启迪自己的经验。你的经验、你的人生便无比地丰富了，鲜活了。

　　《红楼梦》又是一部充满想象的书。它留下了太多的思想、奇想、遐想、谜语、神话，还来不及好好推理，因此需要你的智慧的信息……它使你猜测，使你迷惑，使你入魔，使你进入了另一个世界。

于是你觉悟了：原来世界不止一个，原来你有那么多种有待探索和发现的世界。

读完《红楼梦》，你能和没有读它以前一样么？

《红楼梦》是一部令人解脱的书。万事都经历了，便只有大怜悯大淡漠大欢喜大虚空。便只有无。所有的有都像是谵妄直至欺骗，而只有无最实在。便不再有或不再那么计较那些渺小的红尘琐事。便活得稍稍潇洒了——当然也是悲凉了些。

读过《红楼梦》以后，你当懂得潇洒里自有悲凉，悲凉里自有潇洒的道理。

《红楼梦》是一部执着的书。它使你觉得世界上本来还是有一些让人值得为之生为之死为之哭为之笑为之发疯的事情。它使你觉得，活一遭还是值得的。所以，死也是可以死得值得的。为了活而死是值得的。一百样消极的情绪也掩盖不下去人生的无穷滋味！

这样，读一次《红楼梦》，又等于让你年轻了二十年。

《红楼梦》令你叹息。《红楼梦》令你惆怅。《红楼梦》令你聪明。《红楼梦》令你迷惑。《红楼梦》令你心碎。《红楼梦》令你觉得汉语汉字真是无与伦比。《红楼梦》使你觉得神秘，觉得冥冥中有一种不可思议的伟大。

你会觉得：不可能是任何个人写出了《红楼梦》。《红楼梦》里的人物都已经成了精。《红楼梦》里的事情已经都成了命。他们已经走入了你的生活，你甚至于无法驱逐他们。

是那冥冥中的伟大写了《红楼梦》。假曹雪芹之手写出了它，又假那么多人的眼睛包括王蒙的眼睛从中看出了一些什么，得到了一些什么。

《红楼梦》是一部文化的书。它似乎已经把汉语汉字汉文学的可能性用尽了，把我们的文化写完了。

《红楼梦》是一部百科全书，而且不仅是封建社会的。几乎是，你的一切经历经验喜怒哀乐都能从《红楼梦》里找到参照，找到解释，找到依托，也找到心心相印的共振。

《红楼梦》又是一个智力与情感、推理与感悟、焦躁与宁安的交换交叉作用场。你有没有唱完没有唱起来的戏么？你有还需要操练和发挥的智力精力和情感么？你有需要卖弄或者奉献的才华与学识么？你有还没有哭完的眼泪么？请到《红楼梦》这方来！来多少个这里都容得下！

尤其是，《红楼梦》其实什么也没有告诉你，你永远为之争论，为之痛苦，你说不明白，为什么是这样而不是那样，是他而不是她。你更弄不明白，究竟是谁比谁好一些或者不好一些谁比谁可爱一些或者不可爱一些究竟哪一段更真实一些还是哪一段更假语村言……再加上"红学"，你和《红楼梦》较劲吧，你永远不可能征服它，它却强大得可以占领你的一生。

《红楼梦》永远是一部刚刚出版的新书。

读《红楼梦》是一次勇敢的精神探求。在那个世界里，你将听到什么，得到什么呢？

在一次又一次探求中，我写下了一些与曹雪芹，与宝玉、黛玉，与贾政、王夫人……的对话与辩论。评点，真是一个好主意。与《红楼梦》朝夕相处，切磋琢磨，这是缘分，也是福气。应该感谢出这个主意的漓江出版社与聂震宁先生。

也应该谢谢你，读者，你也进入到这个缘分和福气里来了。你也在梦里了。

时间是多重的吗?

　　《红楼梦》的艺术描写是无与伦比的。人物故事环境,不论音容笑貌、衣冠穿戴、饮食器具、花木房舍……无不写得鲜活清晰、凸现可触。即使是大事件大场面,也写得错落有致而又面面俱到、无懈可击。

　　但《红楼梦》里的时间,却是相当模糊的。首先,全书开宗明义,第一回已反复说明"无朝代年纪可考"。在时间的坐标系上,失去了自己的确定的位置。其次,各章回极少用清晰的语言表明时间顺序与时间距离。书中大多用"一日如何如何""这日如何如何""是日如何如何""这年正是如何如何""一时如何如何"这样的极为模糊的说法来作为一个新的事件叙述的开始。有时似乎清晰一点,如说"次日如何如何",由于不知"此日"是哪一日,"次日"的说法当然也是不确定的。"次日"云云,能说明的只是一个局部的小小的具体的时间关系,却不能说明大的时间的规定性。或说"原来明日是端午节""十一月三十日冬至""已是掌灯时分""择了初三黄道吉日"
"时值暮春之际""且说元妃疾愈之后""那时已到十月中旬"等等，
全是看着清楚实际模糊的时间界定，这些说法没有一个可资参照的确
定指认，没有年代与年代关系，最多只有月日与月日之间的距离。

　　时间，哪怕是相对的时间的一个重要标志，是人物的年龄，即使
具体的、拥有某个纪元标准的年代不可考，只要知道人物的年龄变化
也起码可以知道书中诸事的时间距离、时间关系。但《红楼梦》这样
写到人物年龄的也绝无仅有。贾政痛打宝玉时王夫人说"我如今已将
五十年岁的人"，史太君临死前说了一句"我到你们家已经六十多年
了"，仍然失之于简，让人闹不清总的时间；而且，就是这样笼统的
交代也是凤毛麟角。所以，读者乃至专门的红学家，都要费相当的力
气去估算、去揣摩、去推断人物年龄与各个事件的时间轨迹。

　　这是为什么呢？很难用疏忽来解释这样一个时间模糊化的《红楼
梦》现象。

　　关于"无朝代年纪可考"，作者通过"石头"的口答道："……假
借汉唐等年纪添缀，又有何难？……莫如我不借此套者，反倒新奇别
致，不过只取其事体情理罢了，又何必拘拘于朝代年纪哉？"就是
说，作者着眼的不是"朝代年纪"而是超越朝代年纪的，更具有普遍
性和共同性的"事体情理"。事体情理这四个字是用得好的。"事
体"指的是生活，是社会和宇宙，是本体论。"情理"两个字指的是
人的概括分析与人的态度反应，是主体性的强调，是认识论。不标明
具体时间，就要求有更高更广的概括性，而不是拘泥于一时一日。当
然，不标明时间也仍然有时间的规定性，《红楼梦》反映的是中国封

建社会的后期；当然，另一方面，不标明朝代年纪也还有利于躲避文灾文网，如书中所写：空空道人将《石头记》再检阅一遍，见上面虽有些指奸责佞贬恶诛邪之语，亦非伤时骂世之语，及至君仁臣良父慈子孝，凡伦常所关之处，皆是称功颂德，眷眷无穷……这样一段声明，这样一个有意为之的时间模糊化处理，是不可掉以轻心的。

　　更有意义的是从艺术欣赏的角度，从"小说学"的角度来体会《红楼梦》的时间处理。一般来说，小说特别是长篇小说，当然是离不开故事情节的，故事情节对全书的叙述，起着统领组织的作用。而故事情节，一般又是很注意因果关系的。注意因果关系与故事情节，时间就扮演了一个重要的角色，一个"解说人"的角色加贯穿串联的角色。正是时间顺序与时间距离，使因果、故事成为可以理解的。其次，许多长篇小说注意历史事件与历史背景的展现，追求小说的历史感，在这些小说中，时间成为不可或缺的"角色"，起着主宰的与弥漫的作用。例如费定就强调在他的《初欢》与《不平凡的夏天》中，时间是首要的角色。但《红楼梦》不同，它的时间是模糊的，是一团烟雾。它的时间是平面的，似乎所有的事件都发生在一个遥远的平面上。你可以逐回阅读，从第一回阅读到第一百二十回，基本上弄清各种事件的前后顺序。你也可以任意翻开一章读，读到想撒手的地方就撒手，再任意翻开或之前或之后的一页读到你想合上书的时候。这些事件不仅是相连的一条线，而且是散开的一个平面，你可以顺着这条线读并时时回溯温习，你也可以任意穿行、逆行、跳越于这个平面这个"大观园"之上，正像在"怡红院""栊翠庵""稻香村""潇湘馆"之间徜徉徘徊一样，你可以在"宝玉挨打""晴雯补裘""黛玉葬花""龄官画蔷"之间流连忘返。

这是由于：第一，《红楼梦》开宗明义为作者也为读者建立了一个超越的与遥远的观察"哨位"。这个"哨位"就是大荒山无稽崖青埂峰，就是一种人世之外、历史之外、时间与空间之外的浑朴荒漠的无限。叫作"曾历过一番梦幻"，既云一番梦幻，自不必问此"一番"是一分钟还是一百万年，对于梦幻来说，一分钟等同于一百万年。叫作"女娲氏炼石补天之时"，这里明确地说到这"之时"，可惜是"女娲氏炼石补天之时"，而这个"女娲纪元"本身就很辽远无边。叫作"又不知过了几世几劫"，这才"当日地陷东南"，当日从"不知几世几劫"的大无限大问号中生，谁能说得明晰呢？从这个远远的哨位来观察，时间顺序与时间距离又能有多少意义？岂不如同站在月亮上观察北京市的东单与西单的位置、天安门城楼与北海太液池的高度一样，得到一种齐远近、同高低的效果？"山中方七日，世上已千年"，大荒山无稽崖青埂峰的一日，就是大观园里的七分之一千即一百四十二年多。那么，《红楼梦》的种种生离死别、爱怨恩仇，不过发生在一瞬间，又如何能够细细地分清划定呢？

其次，第五回的"贾宝玉神游太虚境"，通过总括性的与针对"金陵十二钗"每个人物的判语、曲词，就《红楼梦》的人和事的发展趋向与最终结局，给予了明确的预告与留下深刻印象的慨叹。作为预告，这些判语曲词表达的结局是未来时的。作为掌握结局的预先叙述者，作者——警幻仙子——空空道人面对的却是"过去完成时"的事件。故事者故往之事也。所有的小说故事的时间把握上的基本矛盾就在于总体上是过去时与过去完成时，具体描写上则多是现在进行时。这样一个矛盾在《红楼梦》中表现得就更加突出。读者读《红楼梦》，是在强烈地、感情地、艺术地却又是笼统地获得了一个结局的衰败与虚空的印象以后才回过头来体味贾府当年的"烈火烹油、鲜花着锦"之盛的；是在了解了"枉自嗟呀""空劳牵挂""心事终虚话"的必然走向之后才回过头来体味宝黛爱情的深挚蚀骨的；是在了解了"一从二令三人木，哭向金陵事更哀"的悲惨下场以后再回过头来赞叹或者战栗于王熙凤的精明强悍毒辣的。一句话，是在"落了片白茫茫大地真干净"的前提下，在最终是一场"空"的前提下来观赏没有"干净"、没有"空"以前的"金陵十二钗"及其他各色人等的形形"色""色"的。作者以石头的口吻，即以一个过来人的口吻写"已往所赖天恩祖德，锦衣纨绔之时，饫甘餍肥之日……"，过来人写以往，站在终结处回顾与叙述"过程"，自然就是过去时过去完成时的回忆录了，不论写到了多么热闹的事件与多么美好的人物，读者确知这不过是在写一场必将破灭、其实早已破灭了的春梦。这里，时间的确定性的消失与人生的实在性的消失具有相通的意义。时间的淡化、模糊、消失即人生种种的淡化、模糊与消失，"色"既然只是"空"，也就没有时间性可言。

　　第三，"空"否定着"色"，"色"却也否定着"空"。时间的消失否定着时间的确定性与实在性，这是从全体而言的，但每个局部，每个具体的人和事，每个具体的时间即瞬间都在否定着时间的虚空，而充满了时间的现时性、现实性、明晰性。当宝玉和黛玉在一个晌午躺在同一个床上说笑话逗趣的时候，这个中午是实在的、温煦的、带着各种感人的色香味的和具体的，而作为小说艺术，这个中午是永远鲜活永远不会消逝因而是永恒的。当众女孩子聚集在怡红院深夜饮酒作乐，为"怡红公子"庆寿的时候，这个或指的"猴年马月"的夜晚给人的印象却又是确指的，无可怀疑与无可更易的，这是一个千金难买、永不再现的、永远生动的瞬间，这是永恒与瞬间的统一，这是艺术魅力的一个组成部分。这又是或指与确指的统一，同样是艺术的生活的与超生活的魅力的一个组成部分。正像个体的无可逃避的衰老与死亡的"结局"的预知未必会妨碍生的实在与珍贵——甚至于可以更反衬出生的种种形色与魅力——一样，"空"的无情铁律其实也未必能全部掀倒"色"的美好与丑恶的动人；"悲凉之雾"显示着"华林"的摇摇欲摧，却也使"华林"显得更"华"，更难能可忆；不管最后的大地是怎样"白茫茫"的"干净"，从贾宝玉到蒋玉菡，从林黛玉到鲍二家的，却都已留下了不可磨灭的与永远栩栩如生的形迹。

第四，作者似乎害怕读者（与作者自己）陷入这充满现时现世现实的世界和人生的种种纠葛与滋味之中不能自拔，害怕作者叙述读者阅读这独特而又丰富的色空故事的结果是醉色而忘空，赏色而厌空，趋色而避空，所以，在全书所展现的生活之流并非十分激越急促的流程中，作者不断插入一些悲凉神秘甚至可畏的氛围描写，插入一些充满了不幸结局的暗示的诗词、谜语、酒令以及求签问卜，作者还时而写一写宝玉或王熙凤的梦，写写和尚道士、捡玉丢玉之类的故事，有些地方甚至写得有些突兀，有些与前后的写实篇什对不上茬。尽管如此，这些描写仍然是必要的与有特色的，它们不断地提醒着读者和作者本身，这一切的一切最终只是虚空；色相是一时的，而虚空是永远的。作者有意无意地以即时性的笔触来加强艺术的吸引力与魅惑力；

却又以这些穿插来加强艺术的悲悯感与超脱感。作者的即时性描写使读者堕入凡尘，与绛珠神瑛等人同受人间的悲欢离合；作者又通过这种种的插话式的提醒来拯救你的灵魂，使你最终体会到一种既是艺术的又是哲学的（宗教意味的？）间离。当然，所有这些"提醒"都带有宿命论的色彩，宿命的观点与推断当然不是科学，从科学的观点看宿命也许是纯然的谬误乃至诬骗，这是另·个性质的问题。但作为小说，这里的宿命的暗示却也可以看成人的一种情感上的慨叹。宿命的慨叹既是情感反应也是实现间离效果的手段。而艺术欣赏的间离在把人物与事件推向远景的同时也必然把时间推向远方。

第五，当然，《红楼梦》故事的总体仍是按正常的时序来展现的，兴在前而衰在后，省亲在前而抄家在后，吟诗结社在前而生离死别在后，宝黛相爱至深在前心事终成虚话在后，这没有任何费解之处。但由于《红楼梦》是一本放开手脚写生活的书（这在中国的古典小说中是极罕有的），它并不特别讲究故事的完整、情节的连续、因果线索的明晰，因而时间在全书中的贯穿与凝聚（事件和人物）的作用并不那么强。刘姥姥三进（或前八十回的两进）大观园未必与贾府的事情、与全书的主线（不论是兴衰主线还是爱情主线）有必然的关系，早一点进或晚一点进丝毫不影响宝黛之情与凤（姐）探（春）之政。"红楼二尤"的故事表面上看是由于为贾敬办丧事引起的，但贾敬之死绝不是二尤之来、之死的必然原因。其他众多的饮食、医疗、聚会、行吟与红白喜事，既是互相联系的又是相对独立的。从单纯故事的观点看，有些回目有它不多，没它不少。这种处理自然也使《红楼梦》的某些章回和场面，既可以连在一起读，又可以"自成纪元"，各自有自己的时间。这种处理使《红楼梦》的时间具有一种"散点透视"的多元性，加强了各个瞬间的独立性。

总之，在《红楼梦》中，确定的时间与不确定的时间，明晰的时间与模糊的时间，瞬间与永恒，过去、现在与未来，实在的时间与消亡了的时间，这些因素是这样难解难分地共生在一起、缠绕在一起、躁动在一起。《红楼梦》的阅读几乎给了读者以可能的对于时间的全部感受与全部解释。在《红楼梦》中，时间是流动的、可变的、无限的参照却又是具体分明的现实。恰恰由于汉语语法在动词的"时"上不那么讲究得分明，有很大的弹性，所以特别长于追求和产生这样的效果。这样一个时间的把握，是很有意思，很堪咀嚼的。

笔者读到一篇文章谈到"后现代主义小说"里的时间，文章作者以《百年孤独》起始的"许多年以后，××回想起这一天来……"为"后现代主义"的开天辟地性的发明创造，因为这种造句联结了过去、现在和未来，窃以为这有点少见多怪。小说与文学的既是经验的又是虚拟的本性其实已经包含着时间与时间观念的种种内部矛盾。愈是有深度的小说，愈有着对于时间的长河与每一朵浪花的鲜明感受。在我国的古典小说中，尤以《红楼梦》里的时间的多重性最最耐人寻味。

一篇《锦瑟》解人难

　　"一篇《锦瑟》解人难"，从北宋到清代至今，许许多多学人诗家讨论李商隐的《锦瑟》，深钩广索，密析畅思，互相引用，互相启发，互相驳难，虽非汗牛充栋，亦是洋洋大观。一首仅仅五十六个字的"七律"（加题目不过五十八字，但几乎所有的解人都认为此题不过取首句头二字，相当于无题，那就是56+2-2还是五十六字了）引发出这么多聪明智慧学问考证来，在诗歌研究领域，确实并不多见。

　　"追忆""当时"，笔者则是在没有什么学问考证的情况下读这首诗的。少年时代，初读《锦瑟》便蓦然心动，觉得诗写得那么忧伤，那么婉转，那么雅美。那时我根本不知道望帝化鹃的典故，根本想不到类似"锦瑟""玉烟""珠泪"等字面上谈不上"隐僻"（明代诗论家高棅对商隐诗风的概括）的字词也连接着那么多书卷掌故，虽不能解，却能欣赏，并能背诵上口。其意境、其情绪、其形象的幽美与形式的完美，其音乐性，似乎都是可以用现代人平常人平常少年的平常心感觉到的，也是完全接受得了的。

及长及今，病中凭兴趣读了些与商隐诗与《锦瑟》有关的书文，才瞠乎于解《锦瑟》之复杂深奥纷纭。宋代刘攽提到"锦瑟"是令狐楚家丫鬟的名字。宋黄朝英又假托苏轼名义说此诗是咏瑟声的"适、怨、清、和"。清朱鹤龄、朱彝尊、冯洗、何焯、钱良择以及今人刘开扬先生等认为是悼亡诗。何焯、汪师韩以及今人叶葱奇、吴调公、陈永正、董乃斌及安徽师范大学中文系古典文学教研组诸先生，则认为此诗是诗人回首生平遭际，有的还特别强调是政治遭际之作。吴调公先生明确此诗应属于"政治诗"，而须与多首属于爱情诗的《无题》相区分。叶葱奇先生认为此诗"分明是一篇客中思家之作"。程湘衡以为"此义山自题其诗以开集首者"，就是说以此为序，概括回顾反思自己平生诗作。周振甫、钱锺书二先生亦主此说。钱先生在《谈艺录》中更具体分析锦瑟犹"玉琴"喻诗，首两句言"景光虽逝，篇什犹留"，三四句言作诗之法，五六句言"诗成之风格或境界"，七八句言"前尘回首，怅触万端"，等等。

笔者才疏学浅，不敢炒热饭而露底虚，这里只不过是想探讨一个问题：何谓解诗，何谓诗解，何谓解人，如何区分解诗的正误，如何解释一般人和时人对这一难解的诗的喜爱呢？

"诗无达诂"说明了解释的困难，但也没有说"诗也无诂"。诗仍然是需要解释可以解释的，不准解释于诗无补，也行不通。那么我们平常（即包括一般读者当代读者一首首诗所需要了解的）所说的对诗的解释，究竟包含着一些什么样的意思呢？

第一层应是诗的字面上的意思，每个字、词、语、句和上下文关联的意思，包括文字的谐音、转义、语气、典故。没有这方面的起码知识和判定，当然很难读一首诗。例如"此情可待成追忆"句，有解释"可待"为"岂待"之意，而我们的旧诗是不标问号或逗号的，这当然有点麻烦也颇有趣。"当时"亦有解作今时即现在时的，与彼时即过去时不同，而我们的动词又不分加不加 ing 或者 ed。这样，"此情可待成追忆，只是当时已惘然"的《锦瑟》最后两句，也就不好解释了。看来，字面解释亦殊不易。但一首诗能够长期流传广为流传，终应证明此诗整体字面上没有什么不可能的地方，只不过一些解释留有弹性、留有变通的余地罢了。

从字面上看，"锦瑟"就是"锦瑟"，何必是无题呢？援引诗中字为题即无题么？那为何不标无题呢？那时又没批过"无标题"。有题又如何？有的题力图把一切告诉读者，也有的题不过是个影壁，是个记号罢了。从锦瑟及其弦柱开始，写到华年，写到迷蝴蝶与托杜鹃的故事，写到海、月、珠、泪与田、日、玉、烟之景观，归结为惘然之情，此诗是从锦瑟出发（是兴还是比还是赋就不能仅从字面上看）写诗人的惘然之情的。这样说虽嫌浅俗乃至鄙陋，却应是探讨的出发点。对吗？

第二层是作者的背景与写作的触发与动机，就是作者因何要写此诗。这实际上是从创作论及作家论的角度来解诗，这就需要许多历史、传记、文化背景、创作情况资料方面的积累，需要许多考据查证的功夫。如果不了解牛李党争、义山与王氏的婚姻、王氏的夭亡、商隐仕途之坎坷等情况，当然也就无法做出悼亡、感遇等推测；如不知旧版《玉溪生集》《李义山集》多以此诗为开篇，也会大大影响诗序诗忆诗论说的信心。至于令狐家是否有婢名"锦瑟"、王氏是否喜奏锦瑟，商隐是否精通音乐适、怨、清、和之律与偏爱锦瑟这一乐器，这就更需要过硬的材料了。所谓"聚讼纷纭"，往往偏重于这方面的歧见。

这样的对作家创作背景缘起与创作过程的研究虽然符合从孟夫子到鲁迅的"知人论世"的主张，却也有两个难处。

第一层，往往缺少过硬的与足够的材料，特别是古代诗人作家的情况，常常是一鳞半爪，真伪混合。因此许多见解、推测、估计，论者一厢情愿的想象的成分有可能大于科学的、合乎逻辑要求的论断的成分。如《锦瑟》乃政治诗说，根据是李商隐一生政治上坎坷失意，却并没有他写此诗抒发政治上的不平之气的任何佐证。再如令狐丫鬟说，究竟今天谁能论证清楚令狐家有还是无这样一个丫鬟呢？即使确有这样一个丫鬟，又怎样论证《锦瑟》一定是为她而写呢？即使令狐家绝无此婢，又怎样论证李商隐毕生不可能遇到过一个名锦瑟的女子，引起他爱情上的怅然惘然之情呢？或谓"若说是一时遇合，则起二句绝不能如此挚重"（见《李商隐诗集疏注》第2页），这话当然深有其理，但作诗不是有由此及彼的"兴"法吗？从一个无缘相爱相处而又给自己以美好印象的女子身上联想起自己的爱情生活爱情苦闷，联想起自己一生爱情上事业上政治上的不如意，这又为何不可想象呢？这里，不论是全称的肯定判断或否定判断，似乎前提都还不充分。纷纭聚讼的结果肯定是莫衷一是。

第二层，即使作家死而复生，陈述讲明自己的写作缘起和过程，又如何呢？即使我们的论者掌握了可靠的"海内孤本""独得之秘"，以至于能相当详尽准确地复述作家的写作情况，这些材料与论断的传记学史学意义仍然会大于它们的文学意义。我国的古典诗作中，题明写作缘起的并不少，如王勃诗《送杜少府之任蜀州》为人熟知，除了专家谁又在意王勃此诗具体对象呢？"海内存知己，天涯若比邻"一联，概括性强，气势也好，其文学意义、社会意义乃至政治意义不知超过送少府外放做官多少倍！再如"访×××不遇"这一类的诗题，又怎能概括得了诗的具体意蕴？一个作家的写作缘起很具体很微小很明确，但是一篇感人的作品却往往包含着巨大深刻的内容，包含着作家本人的人格、修养、追求和毕生经验，包含着作家的所处时代、国家民族地域许多特征，其内涵甚至大大超过作家自己所意识到的，这不已是很普通的常识了吗？现在回过头来说《锦瑟》，即使证明它确实是写一个女子或一张瑟或瑟乐演奏的适、怨、清、和，又能给《锦瑟》这首诗增加或贬损多少东西呢？

第三层，对于一般读者来说，最重要的是诗的内涵，诗的意蕴。这既与作家创作缘起有关，又独立于作家意愿之外。拿《锦瑟》来说，则是它的意境、形象、典故和精致完美的语言与形式。一般读者喜爱这首诗、阅读吟咏背诵这首诗，应该说首先还是由于美的吸引。它的意境美、形象美、用事美、语言美、形式美是充满魅力的。其次会着迷于它的惘然之情，它的迷离之境，它的蕴藉之意。"锦瑟无端五十弦，一弦一柱思华年"，这两句朗朗上口，文字幽雅却绝不艰深。从锦瑟起兴回忆起过往的年华，这个基本立意实在并不费解。"庄生晓梦迷蝴蝶，望帝春心托杜鹃"，回忆之中产生了（或弥漫了、笼罩了）类似庄生化蝶不知己身何物的迷惑，回忆之中又萌发了类似化为杜鹃的望帝的春心；或解为去回忆那种类似庄生梦蝶杜宇化鹃的内心经验，也可以。就是说，这里表达的是一种失落感与困惑感，更是一种幻化感：庄生化蝶，望帝化鸟，幻化不已。失什么惑什么化什么？诗人没有说，一般读者亦不必强为之说。华年之思化为诗篇，生化为死，青年化为老年，胸有大志化为一事无成，爱情的追求化为失却都说得通。"沧海月明珠有泪，蓝田日暖玉生烟"，神游沧海蓝田，神交明月暖日，神感珠泪玉烟，又寥廓又寂寞，又悲哀（泪嘛）又温暖，又高贵（珠、玉、月、日）又无奈（有泪、生烟，都是自在的与无为的啊），又阔大（海、蓝田）又深幽（泪也、烟也，转瞬逝去也终无用场也）又艳丽，又迷离又生动（孤立地解释中间四句其实是生动的），又阻隔（神秘）又亲切。这是什么呢，当然不是咏田咏海，咏珠咏玉，不是咏瑟咏物，而是吟咏自己的内心世界，自己的精神生活，自己的内心感受。内心不过方寸之地，所以此诗虽有海田日月字样并不令人觉得诗人在铺陈扩张，此诗并无宏伟气魄。内心又是包容囊括宽泛的，其中不但有庄生望帝，蝴蝶杜鹃，沧海日月珠玉，而且有爱情，有艺术有诗，有生平遭际，有智慧有痛苦有悲哀，其核心是一个情字，所以结得明明白白："此情可待成追忆，只是当时已惘然。"写惘然之情。为什么惘然？因为困惑、失落和幻化的内心体验，因为仕途与爱情上的坎坷，因为漂泊，因为诗人的诗心及自己的诗的风格。更因为它把诗人的内心世界写得太幽深了。一种浅层次的喜怒哀乐是很好回答为什么的，是"有端"可讲的：为某人某事某景某地某时某物而愉快或不愉快，这是很容易弄清的。但是经过了丧妻之痛、漂泊之苦、仕途之艰、诗家的呕心沥血与收获的喜悦及种种别人无法知晓的个人的感情经验内心经验之后的李商隐，当他深入再深入到自己内心深处再深处之后，他的感受是混沌的、一体的，概括的、莫名的，只可意会不可言传因而是略带神秘的；这样一种感受是惘然的与"无端"的。这种惘然之情惘然之感是多次和早就出现在他的内心生活里的，如今以锦瑟之兴或因锦瑟之触动而"追忆"之抒写之么（我倾向于此说）？或是从锦瑟（不论是一件乐器，两个字，类似"玉琴"的一个借喻典故或一个女子的名字，一个女子）得到即时——"当时"的灵感冲击从而获得了幽美婉转的惘然之情？对这两种可能的解释各人又如何能是此非彼呢？此诗首二句与尾二句其实还是相当明白的。有了"思华年"做向导，有了"情惘然"做总结，也就不至于聚讼于庄生望帝沧海蓝田之间了。思华年思出了蝴蝶杜鹃泪珠烟玉，情惘然惘成了"迷""托"以及有珠泪之沧海与生玉烟之蓝田。鄙陋之见，能无太廉价及少学乏术之讥乎？

第四层是欣赏者个人的独特的补充与体会或者某种情况下的特殊发挥。例如我在20世纪60年代就对引用晏殊名句"无可奈何花落去，似曾相识燕归来"来讲国际政治大为叹服。情种从《锦瑟》中痛感情爱，诗家从《锦瑟》中深得诗心，不平者从《锦瑟》中共鸣牢骚，久旅不归者吟《锦瑟》而思乡垂泪，这都是赏家与作者的合作成果。我们还可以设想，知乐者认为此是义山欣赏一曲锦瑟独奏时的感受——如醉如痴，若有若无，似烟似泪，或得或失。除了音乐，哪种艺术能这样深入地却又是浑然地打动它的欣赏者呢？这恐怕可以说得通。我们还可以设想一个旅行家、一个大地与太空的漫游者在他晚年时候对他的漫游生活的回忆。再设想一个爱因斯坦式的科学家从这首诗中获得了做学问的体味吧——何自然万物之无端也，以有涯逐无涯，何光阴之促迫！功成业就而两鬓已斑，未竟之志虽有春心已无青春年少矣！或功未成业未就而此身非有，鸟乎蝶乎，将有托乎？茫茫广宇，人类智慧之珠上凝结着多少泪水！还有多少科学真理如美玉而埋在蓝田之下，人们略察端倪如玉之或有之烟，何时能开掘出来呢？一切科研成果都需要时间长河的冲刷淘洗，即时即地，谁又能判断吾人之科学新说的价值故而哪个智者又能不惘然呢？

这样说下去或有似相声《歪批三国》之嫌，但笔者虽然性喜调侃意却不在调侃。我只是想肯定李商隐的《锦瑟》为读者、为古今中外的后人留下了极大极自由的艺术空间，当然大而无当亦不佳，组合这艺术空间的一句句诗其实是很巧妙很贴切很有情有象的。八句诗如八根柱子，读者完全可以在这八根柱子建造的殿堂里流连徘徊，自得其乐。

第五层则是对《锦瑟》做学问研究。因《锦瑟》而及李商隐全人全诗，因一诗而及我国的与世界的诗的宝库诗的海洋文学的海洋，因一词一典而及天文地理历史政治哲学宗教语言音韵直到自然科学，那当然是研究不完的。此是以学问而解诗乎？抑或因由一诗而弘扬学问乎？到那时《锦瑟》真是起兴了，起中外之才智而兴古今之学识，大哉学问，真无涯而壮观也！吾人自当望洋而兴叹！顺便说一句，按五层之说，有许多明白如话的诗，至少前三层很容易统一。"床前明月光……"就不必解释得这么复杂，也没有这么多争论和学问，同样是好诗，而且是更普及的好诗。本文没有偏爱乃至倡导隐僻之诗的意思，也没有把"五层"割裂的意思。

重读李大钊之《青春》

重读李大钊之《青春》，为我国早期共产主义志士追求之弘远，感情之炽烈，境界之崇高，学问、思想，直到词汇之丰富而拍案叫绝，而热泪盈眶。今天仍然崇拜这样的人啊！一百零一年前，先知先觉的中国知识分子，高举起青春的大旗，颂少年之中国，歌青春之伟力，办《新青年》之杂志，为古老中国再造重生，吹响了理想的冲锋号。一百多年过去了，中国已经不是那个风雨如晦、摇摇欲坠的中国了，同样我们也期待着当初少年精神、青春精神的回归、重现与发展、完美。

李大钊说：

嗟吾青年可爱之学子……念子之任重而道远也，子之内美而修能也……为尽瘁于子之高尚之理想，神圣之使命，远大之事

> 业，艰巨之责任……乃不枉于遥遥百千万劫中……与此多情多爱之青春，相邂逅于无尽青春中……

李大钊此文从自然界的春天讲到了人的生命的青春，并且把青春解释阐发为理想、使命、事业、责任；这也是天人合一观念之时代化、革命化、神圣化。难道它不让今天的老中青年为之精神一振吗？

> ……苟日新、日日新、又日新之谓也……故能以宇宙之生涯为自我之生涯，以宇宙之青春为自我之青春……此之精神，即生死肉骨、回天再造之精神也。此之气魄，即慷慨悲壮、拔山盖世之气魄也……吾人于此，宜如宗教信士之信仰上帝者信人类有无尽之青春……虽在耄耋之年，而吾人苟奋自我之欲能，又何不可返于无尽青春之域，而奏起死回生之功也。

再向前迈一步，联系《尚书》上讲的"苟日新、日日新、又日新"；英雄志士、智者勇者讲的生死骨肉、回天再造，慷慨悲壮、拔山盖世、振聋发聩。这是人生观，这是如同宗教般的终极信仰，这是生命的意义与分量。而且，这种精神与气魄的青春性不再受生理年龄局限，耄耋之年可以返于青春，起死回生！个人如此，几千年的国家民族何尝不是这样！老而弥少，长而弥坚，成熟而弥更新，淡定而弥开拓！

这里，有中华自古以来的青春精神、少年意气、志士热血、仁人衷心；有"天将降大任于斯人也"的自诩；也有梁启超引用的西谚

"世有三岁之翁，亦有百岁之童"之哲理。李大钊那样的革命者，从一开始就是既弘扬传统文化，又汲取世界先进思想，进行着传统的创造性转化与创新性发展的一代精英。

> ……白首中华者，青春中华本以胚孕之实也。青春中华者，白首中华托以再生之华也……宇宙有无尽之青春，斯宇宙有不落之华……青年乎，勿徒发愿，愿春常在华常好也，愿华常得青春，青春常在于华也。宜有即华不得青春，青春不在于华，亦必奋其回春再造之努力，使废落者复为开敷，开敷者终不废落，使华不能不得青春，青春不能不在于华之决心也……

李大钊讲了青春与白首的辩证关系。此文原载于1916年9月1日《新青年》2卷1号。当时一些悲观主义者与觊觎我中华民族的域外虎狼，鼓吹中华"老大帝国"说，暗示此帝国已濒于垂暮衰年、百病缠身。而李大钊告诉人们，所谓老大也是打从当年的青春风华发展变化而成，而且老大仍然有返老还童、恢复青春的光明前景，关键在于国人有什么精神状态，什么世界观、人生观，什么信仰追求，什么实践奉献。文中说，耄耋可逆生长为青春，华彩春花，不但可以在自然界之青春即春季开放（文中曰"开敷"），也可以在兹后重放、续放、新放，还可以变"废落"为长放不衰。他既承认开放与废落都是宇宙、人类、国族、自我的题中之义，又强调责任担当，青春常在。诚哉大钊，伟哉大钊！

……艰虞万难之境，横于吾前……堂堂七尺之躯……前不见古人，后不见来者，惟有昂头阔步，独往独来……更胡为乎念天地之悠悠，独怆然而涕下哉……今人之赴利禄之途也，如蚁之就膻，蛾之投火……耶经有云："富人之欲入天国，犹之骆驼欲潜身于针孔"……青年之自觉……勿令僵尸枯骨，束缚现在活泼泼地之我……一在脱绝浮世虚伪之机械生活，以特立独行之我，立于行健不息之大机轴。祖祹裸裎，去来无罣，全其优美高尚之天……此固人生惟一之蕲（祈）向，青年唯一之责任也矣。拉凯尔曰："长葆青春，为人生无上之幸福……"吾愿吾亲爱之青年，生于青春死于青春，生于少年死于少年也。德国史家孟孙氏，吾愿吾亲爱之青年，擎此夜光之杯，举人生之醍醐浆液，一饮而干也。人能如是，方为不役于物，物莫之伤。……青年循蹈乎此，本其理性，加以努力，进前而勿顾后，背黑暗而向光明，为世界进文明，为人类造幸福，以青春之我，创建青春之家庭，青春之国家，青春之民族，青春之人类，青春之地球，青春之宇宙，资以乐其无涯之生。乘风破浪，迢迢乎远矣，复何无计留春望尘莫及之忧哉……

李大钊就是这样的学贯中西，文通今古。他的理念打通了哲学、史学、科学；他的主张整合了人生观、价值观、自然观、文化观；他的人格完美了革命家、思想家、义士、学人；他的文章古色古香、经典纯朴、至诚至善、如火如荼。他是先锋猛士，代表了汹涌澎湃的时代潮流。国家危难，召唤出一大批诗家学者成为英雄豪杰仁人志士，而和平小康的幸福，对利禄之徒也会成为低俗丧志的温床。李大钊等革命先烈的在天之灵，当然会为后来的革命胜利与国家建设发展而欣慰，为万里长征的第一步第二步第三步而庆幸，同时，也会为种种新挑战新考验尤其是精神面貌的不尽如人意而充满期待与忧思。面对李大钊的青春论、青春义、青春血、青春旗帜，在这个给了中国更多机会的时代，面对新的使命，我们应该怎样选择，怎样行动呢？

《白蛇传》与《巴黎圣母院》

可惜我不懂什么比较文学，要不然我一定比较一下《白蛇传》《白娘子永镇雷峰塔》与《巴黎圣母院》。

《白蛇传》是戏，而且窃以为是最伟大的一出戏，正像《红楼梦》是中国最伟大的长篇小说。之前有冯梦龙编的话本小说，《警世通言》中的《白娘子永镇雷峰塔》，更早就有了民间传说。《巴黎圣母院》是雨果的著名长篇小说，改编了电影，改编了芭蕾舞剧（不知道是否有歌剧）。《白蛇传》与《巴黎圣母院》二者都有实的背景，中国的是杭州啊，断桥啊，孤山啊，雷峰塔啊什么的，法国的则是实有的巴黎啊，塞纳河啊，大学区直到圣母院啊什么的。实的背景与离奇的（《白》是神奇、魔幻的）故事的反差，造成了极不凡的艺术效果。再一个强烈的反差，就是情意绵绵的爱情故事与腥风血雨的厮杀情节，结合得奇。二者都有个钟情、上当、终于被"镇压"的女子，白娘子与爱斯梅拉达，令读者为之唏嘘不已乃至涕泪滂沱。二者都有个坏事的"妖僧",法海与副主教甘果瓦。本来神甫、主教并不等于"僧",看来《巴黎圣母院》的译者陈敬容也凑趣,把描写副主教甘果瓦杀人的那一章的标题译为《妖僧》。两个作品中都有一个不值得爱的、背叛了爱自己的姑娘的男子,许仙与弗比斯队长。这说明,"痴情女子负心汉"的模式,远远不只在中国才有地盘。最后还有一个人物值得比较,就是说两部作品中都有一个忠于女主人公、保护女主人公,至忠至诚至烈但终于没有成功的悲剧性的忠臣式人物,那就是小青与面貌丑陋的敲钟人伽西莫多。当然,伽西莫多是男人,自己也爱着爱斯梅拉达,而小青,绝大多数版本中是女子,这反映了东西方文化在处理性爱、友谊乃至忠诚的时候的观念差别。但值得注意的是,川剧中,小青本是男子,为侍候白娘子方便而幻化为女,一遇到杀伐武斗,小青又复原为男,这种东方式的灵活性,中国式的又祭灶王又堵灶王的嘴一类的狡黠与伽西莫多比较一下,甚至让人想起"此地无银三百两"的故事来。

把《白蛇传》的戏与《白娘子》的话本比较一下,也很有趣。除了戏里的"许仙"原在话本中称"许宣",戏里增加了饮雄黄酒吓倒许仙(话本中是白蛇打破了雄黄罐),盗仙草救活许仙(死去活来的爱情,太棒了,《牡丹亭》也是如此),最后金山寺大战等戏剧化的情节外,最根本的区别在于,话本中实写了白娘子是妖物,"一阵风""卷出一道腥气""青天打一个霹雳""吊桶来粗大白蛇,两眼一似灯盏""大蛇张开血红大口,露出雪白齿,来咬先生""白鳞放出光来",直到法海禅师痛斥"业畜",白娘子"复了原形,变了三尺长一条白蛇",种种将白娘子当作妖孽写的段落词语,贯穿全篇。话本的倾向和主题其实是鲜明的，是写邪妖与正气、与佛法的斗争，开始是正不压邪，终于是邪不压正，叫作"欲擒还纵"。蛇妖化作美妇人，而且"春心荡漾""放出迷人声态，颠鸾倒凤，百媚千娇……"，更是传说的"女人是祸水"的中国阳痿文人心态的观念表现，与把妲己写成狐狸精并无二致。不同的是，话本的题目不是"法海师神威捉妖"，也不是"许宣贪色险丧命"，甚至也不是"白蛇妖现形伏法"，而是"白娘子永镇雷峰塔"，这就有点意思了。"白娘子"三字一下子把她的"人"的性质肯定了，"永镇"云云可以说是带着遗憾的至少是客观的描述。这样，这篇话本就与包括《聊斋志异》中的《画皮》与《西游记》中的"白骨精"在内的众多的描写女妖女祸的文学作品显出了区别，当然，《聊斋》不乏正面描写"女狐"之可爱的作品，但这些作品的妖（或蛇或狐）、人、佛（僧）的冲突，远远没有尖锐到《白娘子》的程度。

到了话本变成戏就渐渐把同情心置放于白娘子一边了。蛇也罢，毕竟比和尚可爱。新中国成立以后，爱憎更加分明了，白、青蛇成了正面人物，和尚成了反动派，而许仙是中间人物，合乎我们的政治模式。不知是不是受了阶级斗争理论的影响，新中国成立后的各种剧种的《白蛇传》，无一不是扬白（蛇）贬法（海）嘲许（仙）的。许仙愈来愈像一个动摇分子、右倾机会主义分子的典型了。可以看许仙而思陈独秀了。

《巴黎圣母院》的爱憎也是强烈分明的。埃及女郎与敲钟人是那等纯洁美善，妖僧与队长是那等可恶。《白》中，白、许、法是三种色彩，而在《巴》中，只有黑白分明的两种色彩。

《白》的三种色彩与处理的写意性留下了极大的空白与弹性。这是它比《巴黎圣母院》空灵和高明的地方。其实对白蛇许仙的故事还可以做不同的多种解释与戏剧处理。首先是象征式的，蛇是情爱特别是女子情爱的象征，柔软、缠绵、怨毒、寸断、执着，简直绝了，比狐更悲伤和绝望，更催人泪下，比西方喜欢比喻的鱼或玫瑰更有深度也更感人肺腑。

其次一种解释是怪圈式的。蛇要爱，但这种爱要伤人。人爱蛇，但又要拯救自己的生命与灵魂，人怕蛇，合情合理（叫作又爱又怕！）。佛（僧）要救人，就要与蛇斗争。人的尴尬处境两难处境就在于活活夹在蛇与佛之中，"蛇还是佛"，比哈姆雷特的"活着还是不活着"的问题还要煎熬人。由蛇、人、佛之争体现了生与死，战争与和平，呜呼，《白蛇传》太伟大了！

更可以作弗洛伊德式的解释。《巴黎圣母院》中，"妖僧"是爱美女的。问题是雨果写得太实太满，太淋漓尽致了，"妖僧"形象不可原谅地丑恶着。电影《巴黎圣母院》就稍好一些，使人感到了"妖僧"生活思想感情的沉重堪怜。其实，把"妖僧"对爱斯梅拉达的爱也完全可以写得更美——一种绝望的孤独的压抑的美，那样写说不定更摄魂夺魄。而法海呢？如果法海也爱白娘子呢？明朝的中国人，可就不敢这么写了，也许连想也不敢、不会这么想！

返身再说，佛、人、蛇，不都是人的心理人的意识的幻化吗？白、许、法的厮杀，不正是反映了人们的内心中的暴风雨吗？外宇宙的各种层次，不正是内宇宙的写照吗？

我们同样不应该排斥道德化的处理：白蛇就是妖，法海就是佛，佛法无边，妖氛终扫。现代化的法海甚至可以指出，路遇便生爱心，闹不好会传染艾滋病的。雄黄酒说不定能防治艾滋病啊！有何不可？《潘金莲》不是屡演不衰，杀嫂祭兄，掌声四起吗？当然为潘金莲翻案鸣不平也可以。老《潘金莲》的戏特别是杀嫂一场，潘的做功，是不可不一直演下去的，即使演下去也不会妨碍"五四"号召的反封建的大业的。我就不信看老《潘金莲》的人笃定会反对妇女解放、婚姻自主。看戏不可太钻牛角尖。讨论黄河、长城、龙、八卦之属，也是如此。

最后说两个小闲话。学雷锋时我常常想起"雷峰"，这种汉字的谐音可真够叫人分心的。再有就是，一旦有机会，我真想写一部《白蛇传》题材的叙事长诗。至于短诗《断桥》，我已写过了，收在四川文艺出版社为我出的第一部诗集《旋转的秋千》里，欲购就从速吧。

《三国演义》里的"前现代"

■■■■■　读《三国演义》还是小时候的事。近日断断续续地看了一些同名电视剧的片段，产生了一些胡思乱想：那是一个英雄辈出的时代吗？什么英雄？争权夺利，好勇斗狠，尔虞我诈，就是英雄吗？刮骨疗毒，拔矢啖睛，一不怕疼二不怕死就是英雄吗？这疼与死又所为何来呢？他们关心的唯一热点无非是争夺权力，特别是争夺那唯一的一把龙椅罢了。为了争龙椅，不惜杀人如麻，血流成河，不惜决堤放水，乘风放火，不惜生灵涂炭，啼饥号寒……这么多英雄怎么没有一个人替老百姓说一句话呢？刘备火烧新野，带了一些老百姓避难樊城，就大仁大义到了近乎迂腐的程度了。可如果他不搞什么火攻，老百姓又哪里有这种流离失所星夜逃亡之苦？个别地看，英雄事迹不无感人之处，例如击鼓骂曹，例如孤胆英雄赵子龙长坂坡救主子的儿子，但综观全局和历史，这样的乱世英雄愈多，老百姓就愈没有好日子过，生产力就愈不发展，社会就愈不进步。中国已经吃够了这种争王位的英雄们的亏！赶巧前不久看了电影《西楚霸王》，对巩俐、张丰毅等主演的这部片子的商业性改头换面及其得失这里暂且不表，问题是秦皇出巡时刘邦与项羽的反应："大丈夫当如是"也好，"彼可取而代之"也好，都透露了中国的有为之士以做皇帝为人生的最高目标，以官阶为价值判断的唯一标准的可怕与可悲。价值标准的一元化贫乏化俗鄙化，价值＝权力的公式，使终极目标千篇一律都成"取皇帝之位而代之"。欲代之的"英雄"甚多，而皇帝的位置只有一个，如何能不争不斗不杀它个尸横遍野白骨如山？价值标准的单一化看来似是天下定于"一"了，有利于统一与稳定，但需知，"一"能定天下，也能乱天下，有了"一"就有了一切，便都来争这个"一"了，焉能不乱？政治＝权力＝升官图；而最高的价值＝一切有为之士的终极目标＝"龙位"，这个等式实是中国数千年来战乱不断，发展缓慢，而终于在近百年显出了积弱来，即是说搞出了亡国灭种的危险来的一个重要原因。

　　也许，对于"三国"时期的英雄们来说，老百姓是太没有意义了。三国时期的英雄们，其实是拿老百姓当垫脚石当工具当牺牲品的英雄。这样的英雄今天难道还算英雄么？

　　那个时候的政治呢？当然是赤裸裸的权力政治。这种政治的特点，一个是砍脑壳政治，一会儿就提溜一个一秒钟前的活人的脑袋进来，并以此为勇为豪气为人生最大快事。一个是阴谋政治，就是不断地使计谋。而计谋的核心在于欺骗、说谎，谁善于欺骗谁就胜利而且获得智多星的美名，谁相信了——轻信了别人谁就要为此付出血的代价。这种心理暗示实在太可怕了。

"三国"里的计谋也有趣。例如王允巧使的所谓连环计，使计的一方如此卑劣而又一厢情愿，堪称愚而诈、小儿科而又不择手段。用如此下作的方法去做一件似乎是伟大的事业——忠君报国，就是说汉朝的社稷要靠色情间谍来维持。这未免可悲可耻。这种伟大事业的伟大性与正义性也随之可疑起来。而被使计的一方，即董卓与吕布，居然一步一步全部彻底不打折扣地按照王允布下的圈套走，按照一个年方二八（周岁只不过十五）的小女子的指挥棒跳舞，说一不二，比校场操练还听话还准确，这能够令人相信吗？如果说董、吕两个人也曾经掌握权柄，赫赫一时，能是这样彻头彻尾的白痴吗？何进中计一节也是一样匪夷所思，如弱智傻瓜，如韩少功写的《爸爸爸》然。如果吾国一个未接受过职业的色情间谍训练的十五岁的小女子，在一千几百年前就能胜任这样一个极端狡猾极端残酷极端非人性的角色，这是多么不祥呀！我们这个民族究竟出了什么问题？

这种权力政治的第三个特点是叛徒的政治。整个《三国演义》电视剧的第一部分叫作什么"群雄逐鹿"的，就是一部叛卖史。吃谁的饭砸谁的锅的吕布，没有好下场，不但快了人心，也体现了"三国"对于叛徒政治的否定。但是，以我们的头号英雄人物刘备来说，据说关羽张飞诸葛亮对于他都是忠而又忠义而又义的了，他对于谁忠义过呢？他投靠过吕布、曹操、袁绍、刘表，然后又都叛变了他们。在这一点上他与例如所谓反复无常的吕布，究竟有什么区别呢？

这也透露了封建政治的悖论。一方面要忠要义，一方面又有什么"良禽择木而栖，良臣择主而事"的叛变有理论。哪样对呢？全看"活学活用"了。

一些三国故事，颇有浓厚的黑社会黑手党故事意味。上来就是"桃园三结义"，典型的黑社会做法和黑手党语言："不愿同年同月同日生，但愿同年同月同日死。"一副盗匪的亡命气。电视剧里的张飞的形象尤其可笑复可憎，一副匪气霸气蠢气，恶声恶气，昏头昏脑，蛮不讲理，成事不足，败事有余，对"大哥"如奴婢鹰犬，对他人如阎王虎狼，谁需要这样的"三弟"呢？只能是黑社会的大哥大。他给人们的视觉观感甚至还不如《沙家浜》里的胡传魁。

当然《三国演义》并不是历史，而是民间的历史传说，它反映的是吾国百姓草民们对于历史的观点，包括"误读"与趣味性通俗性"重写"。但是想一想吾国百姓们对于天下大事，历史沿革，特别是政治军事斗争包括对于英雄主义的解读竟曾经是如此简单化、俗鄙化、小儿科化、赤裸裸的野蛮与霸道化，这不能不给人以触目惊心之感。

也许《三国演义》的故事里要把刘备树成一个仁义之主，王道而非霸道的化身，然而这个任务实在是太艰巨了。按现在表现的，刘关张之属，实在与曹、孙、袁乃至何进、董卓等没有什么质的区别。也许在封建社会王道云云只是说一说的，而实际上，人们只承认霸道的力量。霸道当然是有力量的，这力量却也是有限度的，超出了限度，就会走向反面。这种国内政治的霸权主义，很实用实惠，但又是不无危险的，弄不好它会流于愚昧短见的野蛮主义、蒙昧主义。它是令我泱泱文明古国早期灿烂而后来停滞的一个原因。思之令人害臊叹息。

《三国演义》电视剧下了很大功夫，制片态度不可谓不严肃，但收视效果似不理想。除了某些观念上的愚昧野蛮令今人感到格格不入以外，我认为电视剧反映了作品本身的一些不足。人物的类型化与事件的简单化就是其中要者。由于《三国演义》所述故事繁复纷纭而又千奇百怪，"三国"人物是又多又杂，似乎是三教九流男女老幼都写到了，故而总体看来，"三国"的阅读效果堪称是相当成功的，人们的一般印象是"三国"写得丰富多彩、琳琅满目。但这种丰富多彩琳琅满目的效果是粗线条的，一往屏幕上立，类型化、小儿科化的毛病就显出来了。我想起了一位可敬的领导同志常举的例子来了，他多次说过："谁说恋爱是文学的永恒主题？《三国演义》就没有写恋爱嘛，还不是一样写得栩栩如生？"活人少而类型多，当然用不着爱情。但是不要轻视类型的生命力，愈是类型愈容易被理解接受和普及，成为"典型"，成为"共鸣"。成了典型共鸣了也还是暴露出了类型化的缺憾，这个问题似乎值得深思。我草此小文的目的当然不是要以张飞的态度对《三国演义》这一古典文学名著搞一次砍杀，不是对于"三国"的全面评价，也不是——基本上不是对于同名电视剧的批评。电视剧里的某些情节处理得还是很妙的，例如袁绍兵败后派眼线搜集所部的言谈话语，有非议者立即杖责或处死，这么一干更是军心大乱。鉴于此，袁绍之子乃诛杀专门挑拨是非的打小报告的眼线。这段故事可圈可点，令人发出会心的微笑。但我也从同名电视剧上看到了一些值得反省、值得重视的东西——用金克木先生的名言叫作"前现代"的东西，如骨鲠在喉，不吐不快。我们的学问家热衷于"后现代"已经很久了。中国这么大，中国与世界的交流日益增加，中国的发展变化日益与世界同步，因而中国这里也有了超豪华超奢侈的后现代，这不是不可能的，但是毕竟这里多得多的是前现代——离现代化还远去了呢。不论从电视剧《三国演义》里的张飞身上还是从各位餐馆老板祭供的关老爷身上，或者是从电影屏幕上看个没完没了的这个帝那个妃上（张中行先生在一九九四年第四期《文学自由谈》上对此有一精彩评论，读之大快），我都觉得我们应该比关注后现代还要关心前现代。"滚滚长江东逝水，浪花淘尽英雄……"这首《西江月》列于全书卷首，也唱在每一集电视剧的前头。很好，好得很。当此"三国"各路英雄活跃在黄金时间的千家万户之际，我看是该淘一淘了洗一洗了。再不要出现这种"群雄并起"的局面了，再不要出现这样的豺狼英雄了。在进入 21 世纪的时候，该与前现代的"三国"精神和"三国"意识道一声："拜拜啦，您!"

行板如歌

柴可夫斯基好像一直生活在我的心里。

当然与50年代的唯苏俄是瞻有关系。但是对于苏俄的幻想易破——也不是那么易——对于柴可夫斯基的情感难消。他已经成为我的生命的一部分了。

他之容易接受，是由于他的流畅的旋律与洋溢的感情和才华。他的一些舞曲与小品是那样行云流水，清新自然，纯洁明丽而又如醉如痴，多彩多姿。比如《花的圆舞曲》，比如《天鹅湖》，比如钢琴套曲《四季》，比如小提琴曲《旋律》，脍炙人口，家喻户晓，浑如天成，了无痕迹。它们令人愉悦光明，热爱生命。他是一个赋予生命以优美的旋律与节奏的作曲家。没有他，人生将减少多少色彩与欢乐！

他的另一些更加令我倾倒的作品，则多了一层无奈的忧郁，美丽的痛苦，深邃的感叹。他的伤感、多情、潇洒，无与伦比。我总觉得他的沉重叹息之中有一种特别的妩媚与舒展，这种风格像是——我只找到了——苏东坡。他的乐曲——例如第六交响曲《悲怆》，开初使我想起李商隐，苍茫而又缠绵，缛丽而又幽深，温柔而又风流……再听下去，特别是第二乐章听下去，还是得回到苏轼那里去。他能自解。艺术就是永远的悲怆的解释，音乐就是无法摆脱的忧郁的摆脱。摆脱了也还忧郁，忧郁了也要摆脱。对于一个绝对的艺术家来说，悲怆是一种深沉，更是一种极深沉的美。而美是一种照耀着人生的苦难的光明。悲即美，而美即光明。悲怆成全着美，美宣泄着却也抚慰着悲。悲与美共生，悲与美冲撞，悲与美互补。忧郁与摆脱，心狱与大光明界，这就产生了一种摇曳，一种美的极致。

这也可以说是一种哲学。人生苦短，人生苦苦。然而有美，有无法人为地寻找和制造的永恒的艺术普照人间。于是软弱的人也感到了骄傲，至少是感到了安慰，感到了怡然。这就是柴可夫斯基的《第六交响曲》的哲学。

在他的第五交响曲与D大调小提琴协奏曲中，既有同样的美丽的痛苦，又有一种才华的赤诚与迷醉，我觉得缔造着这样的音乐世界，呼吸着这样的乐曲，他会是满脸泪痕而又得意扬扬，烂漫天真而又矜持饱满。他缔造的世界悲从中来而又圆满无缺。你好像刚刚迎接到了黎明，重新看到了罪恶而又清爽，漫无边际而又栩栩如生的人世。你好像看到了一个含泪又含笑的中年妇人，她无可奈何却又是依依难舍地面对着你我的生存境遇。

是的，摇曳，柴可夫斯基最最令人着迷的是他的音乐的摇曳感。

有多少悲哀也罢，有多少压抑也罢。他潇洒地摇曳着表现了出来，只剩下美了。

这就是才华，我坚信才华本身就是一种美。它是一种酒，饮了它一切悲哀的体验都成就了诗的花朵，成就了美的云霞。它是上苍给人类的，首先是给这个俄罗斯人的最珍贵的礼物。是上苍给匆匆来去的男女的慰安。拥有了这样的礼物，人们理应更加感激和平安。柴可夫斯基教给人的是珍惜，珍惜生命，珍惜艺术，珍惜才华，珍惜美丽，珍惜光明。珍惜的人才没有白活一辈子。而这样的美谁也消灭不了，在火里不会燃烧，在水里也不会下沉。这最后两句话是一首苏联革命歌曲中的句子。原谅那些毫无美感但知道整人的可怜虫吧，他们已经够苦的了。

在我的《组织部来了个年轻人》中，我描写了林震与赵慧文一起听《意大利随想曲》。《意大利随想曲》最动人之处就在于它的潮汐般的、波浪般的摇曳感与阳光灿烂的光明感。人生太多不幸也罢，浮生短促也罢，还是有了那么迷人，那么秀丽，那么刻骨，那么哀伤，有时候却又是那么光明的柴可夫斯基的音乐。那是永久的青春的感觉与记忆。这能够说是浪漫么？据说行家们是把柴可夫斯基算作浪漫主义作曲家的。

一九八七年我在意大利的佛罗伦萨看到了柴可夫斯基的故居，在佛市郊区，在灌木丛下有一个白栅栏。可惜只是驱车而过罢了。缘止于此，有什么办法呢？

我宁愿说他是一个抒情作曲家。也许音乐都是抒情的。但是贝多芬的雍容华贵里包含着够多的理性和谐的光辉。莫扎特对于我来说则是青春的天籁，马勒在绝妙的神奇之中令我感到的是某种华美的陌生……只有柴可夫斯基，他抒的是我的情，他勾勒的是我的梦，他的酒使我如醍醐灌顶。他使我热爱生活热爱青春热爱文学，他使我不相信人类会总是像豺狼一样你吃掉我、我吃掉你。我相信美的强大，柴可夫斯基的强大。他是一个真正的催人泪下的作曲家。普希金、莱蒙托夫的抒情诗的传统和屠格涅夫、契诃夫的抒情小说的传统。我相信这与人类不可能完全灭绝的善良有关。这与冥冥中的上苍的意旨有关。

我喜欢——应该说是崇拜与沉醉这种风格。特别是在我年轻的时候，只有在这种风格中，我才能体会到生活的滋味、爱情的滋味、痛苦的滋味、艺术的滋味。柴可夫斯基是一个浓缩了情感与滋味的作曲家，是一个极其投入极其多情的作曲家。

他的一些曲子很重视旋律，有些通俗一点的甚至人们可以跟着哼唱。其中最著名的应该算是第一弦乐四重奏第二乐章——《如歌的行板》了。循环往复，忧郁低沉，而又单纯如诉，弥漫如深秋的夜雾。行板如歌云云虽然只是意大利语——Andante Cantabile 的译文，但其汉语语词也是优美的，符合柴可夫斯基的风格。我写过一个中篇小说，题目就叫《如歌的行板》，这首乐曲是我的主人公的命运的一部分，也就是我的生命的一部分了。冯骥才说本来他准备用"如歌的行板"为题写一篇小说的，结果被我"抢"到了头里。有什么可说的呢？大冯！你与柴可夫斯基没有咱们这种缘分。我不知道有没有读者从这篇小说中听出柴可夫斯基的音乐来。还有一些其他的青年时代的作品，我把柴可夫斯基看作自己的偶像与寄托。

真正的深情是无价的。虽然年华老去，虽然我们已经不再单纯，虽然我们不得不时时停下来舔一舔自己的伤口，虽然我们自己对自己感到愈来愈多的不满……又有什么办法！如果夜阑人静，你谛听了柴可夫斯基的《如歌的行板》，你也许能够再次落下你青年时代落过的泪水。只要还在人间，你就不会完全麻木。

于是你感谢柴可夫斯基。

谁了解毕加索

60年代初期，半饥半饱、身处逆境的我读到了伊里亚·爱伦堡的《人，岁月，生活》第一部。书是作为"反面教材"出版的。顺便说一下，出版"反面教材"可真是个绝妙的、有气魄的主意。例如，费正清博士的《美国与中国》，我就是一九七一年在新疆五七干校"深造"时有幸阅读的。

我曾经非常崇拜的爱伦堡的书读了就忘了，没留下多少正面也没有反面。但是有一段我印象至深，牢记至今，是爱伦堡讲到了毕加索：

> 评述毕加索的人们指出，他渴望解剖有形的世界，剥下它的皮，掏出五脏六腑……有些人惋惜地或愤慨地说他有一种"破坏精神"。（40年代末，当我读到我们的一些批评家评论毕加索的文章时，我曾为他们的判决……竟同丘吉尔和杜鲁门的口吻不谋

而合而大为惊奇，这二人一个是业余美术家，一个是业余音乐家，曾大骂毕加索是暴徒。——原注）

接下来，爱伦堡承认自己也认为毕加索的某些油画"是难以忍受的，我不理解他何以能够憎恶一个漂亮女人的面孔"（王注：知音如爱伦堡，也被毕加索硌了牙！）。他描写："毕加索在自己的工作室里是活跃的，他被形形色色的'鉴识家'的无知激怒了，他宁肯选择孤独……"

"人们试图划分毕加索的创作阶段。但这并不是轻而易举的：他每两三年都要用一些绘画上的创造发明把批评家们难住……研究者们规定了许许多多时期——蓝色时期、粉红色时期、黑人时期、立体派时期、安格尔时期、邦贝时期……不幸的是，毕加索突然把所有一切时期的划分一股脑儿给推翻了……"（王注：盖了！）60年代的王蒙无法理解这些话，他当时知道毕加索的只是他画过和平鸽。令批评家为难？这多不好，为什么不谦虚谨慎，与领导与批评家携手共进呢？把时期都打乱了？是不是太乖戾一点了呢？破坏性……这就更糟糕了。幸亏不是在中国。艺术家应该是一些脉脉含情、彬彬有礼的人，像契诃夫。怎么能有"破坏性"呢？

然而我仍然把这些话牢记在脑海里了，受到了这些话的冲击，并直觉地判定：这只能是对一个超乎常人的大艺术家的评述。

70年代复出以后，我是当真从"反面"体会到了这方面的道理的。在那个据说是作家们纷纷"喷涌"的年代，我屡屡体会到"熟能生厌"的心情。看一个作家的第一篇作品，为之感动，为之雀跃。看

第二篇，题材变了，思路与语言风格未变，似曾相识。再看下去，实在受不了了，就那一套。这种"熟能生厌"的恶劣感觉也常常发生在一些歌唱家身上，听他的两三个歌还可以，听多了，怎么老是一个味儿？连台步及手臂的动作仿佛也是规定死了的。那些所谓非常有风格即一眼能看出风格的作家艺术家，如果不能突破自己的风格而被风格所围，如果其风格本身就相当狭窄，创作量越丰就越被人一览无遗，越暴露自己的艰窘贫乏。在他的有限的想象力、创造力、胸怀、语汇的空间里，堆满了他自己营造出来的不厌其详的孪生兄弟一样的作品。还怎么会留下令读者欣赏者心旷神怡畅快呼吸的余地？

毕加索之难以理解和屡遭攻击，可以想象，他的被激怒的另一面必定是"鉴识家"们被他的胡作非为与千变万化所激怒，其实是一种"量差"和"位差"的表现。事实上，能够全部理解、欣赏并从而共鸣毕加索的巨大创造力与几乎是无边的创造物的人绝无仅有。一些批评家，不论肯定或者否定毕加索，其实只是肯定或否定了毕加索的一个侧面、一个层次、一个时期，他们的"胃口"消化不了毕加索，因而被毕加索所噎胀而手忙脚乱。这使人想起了印度的古老的瞎子摸象的故事。看某些对毕加索的评论，至少令人想起这样一个场面，即一些聪明可爱的大头娃娃自吹自擂地宣称，他们已经解决了"哥德巴赫猜想"。毕加索的艺术创造力如海，而一些批评家（包括文化素质颇高的丘吉尔、杜鲁门等"领导人"）只能接受海的一个角落、一个区域、一个浪头、一个状态。在中国，我这个美术盲也多次听人介绍过，"毕加索早期的、蓝色时期和橘黄时期（不知是否即粉红时期的另一种译法）的作品还是好的"，言下之意是后来的毕加索走上了邪路。而只有前期，没有后期的毕加索还能是毕加索么？还能与千千万万资质良好、受过足够教育并能认真作画的画家区别开来吗？

在另一本书《毕加索：生平与创作》（作者：罗兰特·潘罗斯，Roland Penrose，英国作家及画家，伦敦现代美术学院院长）中，描写一九〇七年毕加索的新作《亚威农的少女》，使朋友们议论纷纷："都是全盘否定，大家对于这一转变莫名其妙……马蒂斯动了然……认为这幅画是一种暴行……甚至在前一年……曾经显示出对毕加索有深刻理解的阿波利纳，最初也不能容忍这一难以理解的转变……评论家费利克斯·费内翁……以善于在青年人中间发现人才而著名……能给予的鼓励，只是劝毕加索致力于漫画创作……"

毕加索的悲哀是一种海的悲哀。小溪、古井、航船和学究都会按自己的形象与需要来规范海。他们抱怨海太恣肆、多变、冷酷，太不懂得含蓄与节省能量。而另一方面，鲨鱼与海盗又为海的时而平静终有退潮未能吞噬一切陆地而责怪海的妥协狡狯。包括那些自命海的知音的诗人，一旦当真沉入海的黑暗的深处或漂上怒卷的海浪尖顶，他们也会对海大声咒骂。虽然，他们离不了海提供的生命盐。毕加索的悲哀也是一种高峰的悲哀。高峰总是不像后花园的假山那么精巧和亲切，那么容易被常人一下子接受。

翻阅一下毕加索受到的另一种攻击也极感人。潘罗斯写道："一向有人并非不怀恶意地说，无论任何人的任何东西，只要充分引起毕加索的兴趣，他便会剽窃。"以至于有些画家一见毕加索到来就把自己的画藏起来，生怕"主意"被毕加索偷去。艺术大师却被别人当窃贼防范！何况毕加索说："抄袭别人是必要的，但抄袭自己是可怜的。"

笔者声明，他只能同意毕加索的后半句话。海因为兼收并蓄而影响了自己的形象，使在爱惜羽毛方面其实相当马虎的笔者也变得小心翼翼起来。多么没有出息！

而毕加索自己是这样说的，"每逢我有一种意思要表达时，我总是用那种我认为应当用的方式把它表达出来。不同的主题毫无例外地要求不同的方法"，所以，"我从未做过实验"。

说得好！海未求大，山未求高，搞创作也是无为而无不为。不做实验的意思实际上是决不为实验而实验。何无知音？是不是海与山的存在本身已经激怒了水洼与土丘了呢？是不是海与山的存在本身就构成了对一切自命不凡、确有可取的石头与小鱼的挑战了呢？

在法国作家高宣扬所著的《毕加索传》中，写到了一九一八年达达主义在法国的蔓延，"达达主义者的主要代表人物不得不表示在当代要在文艺界产生一定的影响，首先必须取得类似毕加索、马蒂斯和特朗等人那样的成果"。

高宣扬写道："达达主义者逐渐地意识到要赶上毕加索的水平，盖过毕加索的影响是不容易的。达达主义的某些领导人开始怨恨、妒忌毕加索，并无耻地攻击毕加索，妄图削弱毕加索的影响。""毕加索在第一次世界大战至20年代初屡屡遭受达达主义的攻击，甚至有人还指责毕加索'赶不上时髦'……""当毕加索的作品继续受到世人的普遍赞赏的时候，达达主义者却陷入了泥潭。他们的道路越来越窄。"

这一段最有趣，最能被我国的读者所理解，叫作"心有灵犀"。

谁说中国文化是世界了解中国的障碍呢？中国文化在这里不是帮助了我们去了解世界吗？可惜，没有更多的资料。而且说到底，我们并不了解毕加索。我曾经在六年以前请教过一位可尊敬的师长，关于毕加索，他深思熟虑地、不无沉重地、忠言逆耳状地告诉我："在我们国家，在现在，不可能接受毕加索。"

当然，即使有中国的毕加索，他的遭遇、形象与他的处境，也可能比法国的、西班牙的毕加索更复杂微妙而又迷离扑朔得多。呜呼！

第四辑：

人物春秋

　　"乡愁"诗人余光中先生走了，乡愁时代却没有就此结束。逝者如斯夫，不舍昼夜，在不舍昼夜的逝者以外，重要的是跳动的中国心，还有美丽且鲜明的中国诗文，以及你我的记忆与吟诵活泼如初。

——《余光中永在》

中华诗歌永存，乡愁永远。

——《余光中永在》

想念冰心

与世纪同龄的冰心比我的父母还要年长十来岁，我的父辈已经是她的读者了。我上小学三年级时买了一本旧版的"全一册"《冰心全集》，我至今记得我的父母看到这本书时眼睛里放射出来的兴奋的光芒。

那时我就读了《寄小读者》《去国》《到青龙桥去》《繁星》和《春水》，在写母爱、写童心、写大海的同时，冰心同样充满了对国家和民族的忧思。

50年代我读过她的一些译作，像泰戈尔，像纪伯伦，我真佩服她的博学。

直到70年代后期我才有机会与她老人家有所接触。她永远是那么清楚、那么分明、那么超拔而又幽默。她多年在国外生活和受教育，但是她身上没有一点"洋气儿"，她是一个最最本色的中华小老太太。她最反感那种数典忘祖的假洋鬼子。她80年代写的小说《空巢》，表达了她永远不变的对祖国的深情。她关心国家大事，常常有所臧否。她更关心少年儿童，关心女作家的成长，关心散文创作。她既有时人们爱用的"有机知识分子"的忧国忧民之心，又深知自己的特色，知道自己适合做一些什么，她不是只知爱惜羽毛的利己者，也不是大言不惭的清谈家。

她常常以四两拨千斤的自信评论是非。她说一件事怎么样做就是"永垂不朽"而换一种做法就是"永朽不垂"。她说她不喜欢的一本刊物"只消改一个字就行了"。她的话令人忍俊不禁。她会当面顶撞一些人，说"你讲的都是重复"。而对她不喜欢的人不自量力地去求字，她就问："你带了纸来了吗？你带了笔来了吗？你带了墨来了吗？没有这些，怎么样写字呢？"她说起她的这种"狡猾"摆脱纠缠的故事，她自己也禁不住得意地大笑。

她更乐于自嘲。她刻一方印章"是为贼"——隐"老而不死"之意。她自称自己是"坐以待币（毙）"，她解释说是坐在家里等稿费——人民币。在她的先生吴文藻教授去世后，她说她已经能够做到毛泽东倡导的"五不怕"了——不怕离婚了。此外她已年逾九十，所以不怕杀头，也无官可罢无党籍可以开除。一九九四年她大病过一场，我去看她，她说："放心，这次我死不了，孔子活了七十三，孟子活了八十四，谢子（指她自己）呢，要活九十五。"如今，九十五早已超过了，这就是"仁者寿"的意思吧。

然而对于国家大事，她是严肃的，她拿出自己的不多的稿费积存捐赠给灾区人民，她又拿出自己的钱办散文评奖。

她近年身体益弱，有一次我去看她——她连眼睛都睁不开了。然而，无论什么时候她都是清醒的。后来，她的身体奇迹般地又恢复了。有一次我又去看她——她正在接受一家电视台的采访，我劝她，不必满足一切记者的要求，您累了，闭目养神可也。她回答说："那不等于下逐客令吗？那怎么好意思呢？"

我过去说过，冰心是我们的社会生活文艺生活里一个清明、健康和稳定的因素。现在她去了，那么，回忆她、阅读她，这也是一个清明、健康和稳定的因素吧。在遇到困扰的时候，在焦躁不安的时候，在悲观失望的时候和陷入鄙俗的泥沼的时候，想想冰心，无异一剂良药。那么今后呢？今后还有这样大气和高明、有教养和纯洁的人吗？伟大的古老的中华民族，不是应该多有几个冰心这样的人物吗？

不忘金庸

我说过，前一百年，后一百年，写武侠小说的，大概不会有谁超得过金庸。

他在武侠套路之中，加入了更多的人情世态、善恶炎凉、文化历史、地域风情、社会沧桑，还有，性格命运。

读《笑傲江湖》，读到一位资深侠金盆洗手仪式没有做完就被对立面真刀真枪杀将过来；读到主人公音乐上的知音好友，由于门派不同，只有在重伤将死时才合作奏响了感人的乐曲；还有他书中将受疑的无辜者赶出教门的故事，我都落了泪。虽然新中国成立前我已熟读宫白羽、郑证因、还珠楼主……读武侠而落泪，仅此而已。

二〇〇三年我在香港浸会大学讲课，有两次机会与金先生对谈。一次在学校讲人生哲学，他支持我的"好人有所不为，坏人无所不为"的说法。在三联书店谈我的《红楼梦》评点本的时候，他也同意我对胡适嘲笑衔玉情节的微词。我感谢他的理解和支持。

他温文尔雅，才华横溢，他不是空头文学家，而是一个能做事、大成功的人。他的去世在中国一国四地与全世界华文阅读圈子内，引起了普遍的悲伤与怀念。

金庸大侠走好！

余光中永在

余光中走了。

"乡愁"诗人余光中先生走了，乡愁时代却没有就此结束。逝者如斯夫，不舍昼夜，在不舍昼夜的逝者以外，重要的是跳动的中国心，还有美丽且鲜明的中国诗文，以及你我的记忆与吟诵活泼如初。

一九八二年，纽约，圣约翰大学，中国当代文学讨论会。我听到香港中文大学教授、作家、评论家黄维梁先生发言，他高度评价余光中的诗文，而且认为余先生应该获得诺贝尔文学奖。散会后，黄教授将余先生作品集与黄教授评论集赠送给我。我一路上饶有兴趣地阅读着，感染着余先生的清晰、明白与真诚。当时，大陆上更热衷的是朦胧诗，是诗语言的锤炼与变幻莫测，而这位台湾诗人的诗明白如话，深入浅出，不跩，不做作。我甚至觉得他的诗还欠一点发酵与点燃。

不幸的是，飞机经停东京成田国际机场，我下来稍事休息，再登机，两本书被机上的清洁工清理掉了。责任在我自己没有将它们携带下机，我觉得郁闷。我似乎先验地对不起他与黄教授。

　　一九八六年初，又是纽约，我作为国际笔会嘉宾，在第四十八届年会上碰到了余先生。我们握手问好，文明礼貌，同时，保持着难以没有的戒心与距离。

　　一九九三年，我参加《联合报》召开的两岸三地文学四十年讨论会，我与余诗人，是仅有的进行晚餐演讲的主讲人。我听到演讲的两个主题，一个是说小岛也能产生大作家，一个是他严厉抨击所谓"台语写作"自我封闭的愚蠢与狭隘。他有他的天真和明朗之处，他有他的红线。

　　此后中国改革开放，两岸关系有了长足进展。我们见面越来越频繁了。而且余先生在大陆文坛，有了越来越高的威望与越来越大的影响。记得轻易不夸奖谁的四川资深诗人、学者流沙河就对余光中作品评价甚高。邀请余光中访问做客的大陆文学团体与大学越来越多。有一个笑话，说是南京大学邀请了余光中与其他几位台湾诗人到访，打的横幅是"热烈欢迎余光中先生一行"，有一位也是台湾资深诗人的客人，长得高高大大，他一到场，立刻被青年学生围上，唤道："您是余先生吗？"他回答："我不是余光中，我是'一行'。"

　　二〇〇一年，我三次参加香港中文大学"新世纪征文"活动，我与白先勇是小说终审评委，而余光中是文学翻译的终审评委。我们变成了同事。

　　二〇〇六年，评出第三次征文的优胜者以后，我还参加了香港中文大学授予余先生荣誉博士学位的活动。会后，我把他与白先勇及文学院副院长、翻译家金圣华教授请到了青岛中国海洋大学做客，还举行了包括余先生作品在内的诗歌朗诵会。他的《乡愁》再一次赢得了热烈的掌声与欢呼，而他的英语诗朗诵，尤其令人赞美。他是我听到过的国人中不列颠式英语发音的佼佼者，从他那里，我感觉到的是不列颠之梦。

他说喜欢我的诗《不老》。他给海洋大学王蒙文学研究所题字："从伊犁到青岛，拾尽大师的足印。"

中间的二〇〇四年，我们应邀到海南师范学院与黄维梁先生一起进行关于散文的座谈，主持人是海师喻大翔教授。活动在体育馆举行，学生听众极其踊跃。谈到我此生读过的最好散文时，我说是马克思、恩格斯合著的《共产党宣言》。而余先生说，诗是他的情人，散文是他的妻子。

他的学养很好，21世纪初我访问爱尔兰的时候在都柏林欣赏了爱尔兰的话剧团演出的王尔德名剧《莎乐美》，回北京后我从国家图书馆借到了余光中翻译的《莎乐美》，书中附有他谈文学翻译的文字。我在香港、青岛的大学也亲耳听到他讲翻译的课。他有在美国求学与任教的经历。他关于中英文比较的文章极有见地，例如他不赞成由于英语的影响而在中文写作被动态语句中滥用那么多"被"字，饭吃了，水喝了，当然用不着说成饭被吃了与水被喝了。他说的这些文字上的毛病我也有。他的英语很高明，他的中文很地道，绝对不带翻译调调。好得很，即使从这里，也看出他的中国心与大陆情结。

他定居在高雄。他在台湾反对过可能有某些左翼色彩的乡土文学，还说过什么"狼来了"。然而，他的后半生在他的诗中惦念缠绕的长江黄河华山、济南南宁……到处留下了他的音容笑貌足迹。他说，他要住在台湾的西部，从窗子望出去，就是故乡大陆，而如果住在台东，看过去是美国，有什么意思？当然，他的梦与愁跟你我一样，在中华，不在美利坚，也不在不列颠。

陈水扁主政期间，余先生公开反对文化教育"去中国化"，当陈不通至极地用"罄竹难书"赞扬台湾义工的业绩时，台湾教育行政负责人居然为陈"擦皮鞋"，他愤然予以指责。"擦皮鞋"一词我是从他那里听来的，应该是拍马与掩饰的意思吧。

文化是一种力量。文化是一种分野。文化是一种天命。余光中走了。我想着应该怎么样安慰与他同命运六十余载的夫人范我存……两岸各地友人与读者怀念着他，默诵着"乡愁是一方矮矮的坟墓，我在外头，母亲在里头"。外头里头，情意超越生死。长江黄河，奔流澎湃汹涌。中华是屈原、李白、杜甫的中华，也是鲁迅、艾青的中华，还是余光中、郑愁予，以及欢迎他们接待他们一行的男女老少……的中华。余光中永在，中华诗歌永存，乡愁永远，仍然是那么明白，那么简单，那么深情，那么不可抗拒也不可分割。

乔老爷一瞥

　　"你说没有对不上的对子，那么，十多年前我给你出的对子上联'慢车慢，站站站'，你对上了吗？"

　　乔老爷呷着"酒鬼"，笑眯眯地，不无得意地问我。

　　说实话，我把这事早忘了。是有这么一回事，还是一九八〇年，在承德碰上，他出了这副上联。他的记性可真好，尤其是，他的老爷味儿真足。

　　慢车慢，是的，对长夏长，红袖红，白米白，倒是都可以，站站站可怎么办？前两个"站"是名词，后一个"站"则是动词，上哪儿找这样的名动兼用的字去？可我又什么时候吹过牛说是能对得出下联呢？这会儿老爷一说，我就只有诚惶诚恐的份儿啦。似乎只此一端还不能给我以足够的教训，就是说还打不下我的气焰，他干完了一杯，又问："还有那个歌词呢？你不是说，如果我半年之内不把它写齐，你就要据为己有了吗？"

天，这是哪个年月的事儿？

我想说，我老了，近年来忘性是愈来愈大。且慢，老爷比我还大八岁呀，总不能在一个年近古稀的老爷面前说自己这个年逾花甲的人老吧？

且听他如何道来。见我无言以对，乔老爷慢悠悠地以他几十年不改的山东乡音叙述说："我说的歌词是关于麻将牌里的'混混'的，我的歌词已经有了两句：你说是要八条，我就是八条，你说是要五万，我就是五万。"

我为之鼓掌，这叫微言大义，这叫典型！

请喝酒的王昆大姐说："要是在那西风圈，俺就是西风，要是东风圈呢，俺就是东风！"

"那是你的词，我想出来的词就两句。怎么，王蒙，你不是说你要接上去，据为己有吗？"

怎么办？我只有认输。但是这个词确实很好。我确实认为补齐这一首歌词是我辈的"使命"。

乔老爷讳羽，人人称之为老爷，不仅仅是因为他姓乔，而一出著名的川剧叫作《乔老爷吃酥饼》；还在于他确实不论什么时候老有那么一种笑眯眯、美滋滋、不温不火、胸有成竹乃至高高在上却又以文会友、最重斯文的老爷劲儿。

乔老爷的歌词就是写得好，有一次几个朋友怂恿他老去唱卡拉OK，唱他自己作词的《思念》：

你从哪里来，我的朋友，

　　好像一只蝴蝶，飞进我的窗口……

　　他唱得很动情很投入，不像老爷，倒像初入歌舞厅的小后生。唱完了似乎还沉浸在对于某一只小蝴蝶的思念之中，很来情绪。激动中他宣布说：要唱一首《恨不相逢未嫁时》，献给在座的一位美丽的姑娘。底下这首歌，乔羽先生唱得几乎声嘶力竭声泪俱下。哈哈，乔老爷呀乔老爷，我算是抓住你掉了老爷的份儿的瞬间啦！

灿烂的笑容

　　提起冯骥才，首先会想到他的大个子，为中国作家争脸的身材。记得80年代一位英籍国际笔会的副主席埃尔斯托普来华访问，我们见面时谈到了冯骥才刚刚结束的英伦之行。这位英国作家笑着说："他的身材太引人注意了，英国的女性都非常喜欢他。"名声到了英国，走向了世界。不过还好，据我所知，他对妻子小顾是靠得住的，不论什么时候，他都以极好的态度对待妻子，一提到小顾就笑容灿烂，与小顾在一起时不停地笑着，平常说话他也是小顾小顾地不断地引用着顾同昭语录，像是一个"五好"丈夫。

　　由于个儿高，我记得在备受争议的第四次全国作家代表大会期间他对我说："我建议作协主席按身高轮流担任。"真是太妙了，这对那些把作协视为衙门，把作协的跑腿管事人员身份视为争来夺去的乌纱帽的文丑们，无异于一服清凉剂。不是吗，一个作家写不出好书来，再大的乌纱帽也徒然凸显了帽下的空白——叫作名不副实。那么大冯这样说是不是也从潜意识里表达了他的过把主席瘾闹闹的儿童心理呢，我就不知道了。

由这个大个子写一篇《高女人和她的矮丈夫》就特别恨儿，恨儿完了又挺伤感。特别是描写高女人死后，她的矮丈夫遇到雨天仍然高高举着一把伞，令人感到那伞下有一个空白一节，读之难忘，读之唏嘘不已。

大冯就是这样的人，个儿大，心细，心柔。对谁都是一脸的微笑，亲切，谦虚，体贴，幽默，总是令人愉快。他不是那种总让别人觉得欠了他二百吊钱的作家，也不是那种见谁臭谁，绕世界抹黑散味的霉变物。在与他的交往中你会感到自己是受关心受友爱的，而不是被勒索爱心的。大冯常常和我谈到我的新发表的作品，他作为同行的这种细心和友谊，使我感到十分熨帖。他也会关心旁人，每次见面嘘寒问暖。在去年冬天我因割除胆囊住院期间他来了一个传真，说是："闻君小小有恙，我亦大大不安。"有些了不起的作家是十足的利己者，他们只要求被知道被围绕被注意被关心。现在有"送温暖"一说，大冯的确是一个会送温暖的人。如果作家队伍里多几个大冯，少几个咝咝冒烟的手榴弹，少几个由于难产而憎恨一切鸡蛋的鸡，文坛的气氛会祥和得多。

我常常忆起一九七九年（七八年？）第一次在人民文学出版社总编辑韦君宜同志那儿见到他的情景，君宜个儿矮，与大冯成为很可笑的对比，但由于大冯的谦虚天真善良如儿童的笑容，你很快接受了他们的愉快相处。你个子再小，在大冯面前也不必不安，因为大冯从精神上更像是个孩子，他懂得尊重别人，这正是他的魅力。

他又那么聪明，多才多艺。他写义和团写神鞭写英国写"文化大革命"写船歌也写乒乓球运动员。他的画很有味道，也有功底，听说还颇有效益。他的文化评论写得有见识有趣味。他为保存天津旧文物做了大量工作。

他这个人也极有趣，每年政协开会期间听他与张贤亮斗嘴，你觉得好玩得不得了。一物降一物，有了冯骥才，牛皮张贤亮才受到了一点约束，不至于"上房揭瓦"。张贤亮常常在与冯的舌战中处于下风。

70年代末期或80年代初期，我头一次去他天津的家。一间房子里摆着钢琴摆着床与桌椅摆着有真有假的许多文物古玩。房子和他的聪明一样，满溢得快要爆炸了。后来，几次搬家，他现在的住房可是鸟枪换了高射连发火箭炮了。他给我以功成名就生活猛往上蹿的感觉，应该祝贺他和类似他的作家赶上了好时候，祝贺他们事业有成。同时劝他保重再保重，踏遍青山人不老，我们还等着读他的新作，好事还在后头呢。

与诗琳通公主会见

　　一九八七年二月十九日，我们在泰国北部的大城市清迈郊区的泰国王行宫，与诗琳通公主会见。

　　诗琳通公主今年三十多岁，未婚，是现曼谷王九世普密蓬陛下的女儿。是一位作家，她写诗。她的儿童文学作品《淘气过人的盖珥》与《顽皮透顶的盖珥》已经译成了中文，受到中国小读者的欢迎。一九八〇年访问中国以后，她发表了《踏访龙的国土》一书，表达了泰王宫和人民对中国的深切友好感情。我期待着这次会见，不仅因为这是泰王室重要成员与中国政府文化代表团的会见，还因为，这恐怕也是作家同行间的一次会见。

　　清迈行宫位于海拔一千多米的山坡上。十九日早晨八时三十分，我们的车队在山路上盘旋攀援而上。四周都是花草树木，一片风和日丽、葱郁繁茂而又清洁整齐、平静吉祥的景象。沿路有几个停车场和供旅游客人休息用餐的茶座饭馆，也有不少用泰英两种文字书写的

"可口可乐""百事可乐"的广告牌，但人、车都不多，更多的是疗养地而不是商业气氛。高雅，但并不算辉煌。

汽车把冷气放到了最大限度，甚至使西服革履的我们觉得有点凉飕飕的。泰国的季节永远是夏，似乎一年到头都是以穿短袖衬衫为宜。像我们这样穿戴，已经是全副武装了。

将近九时，我们到达了泰王在清迈的行宫。穿戴整齐、文雅英俊的礼宾官把我们引到了一间不大的休息室，地处海拔一千多米的山头，清幽畅快，空气清新凉爽，把永远的夏意遗留在山下了。

十五分钟后，我们进入会见室。与王室的身份相比，房间的布置就算非常朴素了。房间略似我国一间普通的可供三十人上下开会的会议室。除地上铺红地毯，墙上略有艺术品悬挂及墙角摆了些瓷器之类的摆设外，室内无豪华炫目的摆设。包括座椅，舒适整洁，但不豪华，也不阔大。公主是从内院，从另一个门进室内来的。我们站在室内瞥一眼可以看到内院盖满阳光的花圃与草坪的一角。公主来了，她身材中等偏高，略略有些发福。她听取了泰国文化委员会玛纳上将的毕恭毕敬的报告与介绍以后，与我们一一握手表示欢迎。入座以后，她向我提出的第一个问题是：请问部长阁下，您担任部长以后，还怎么写作呢？

我做了回答。这个问题的提出似乎一下子消除了不少初次相会的陌生感。然后我发表了阅读诗琳通公主的儿童文学作品《顽皮透顶的盖玛》的感想，并请公主在此书的中译本上为我签名留念。公主并把她在访华后写的《踏访龙的国土》一书的泰文本赠送给我。她解释说，泰国已出了中文版，但卖完了，找不到了，只能送我泰文版了。

其实，此前，玛纳上将已将公主此书的中文版赠送给我了，印刷极为精良，是在当地华商人士的赞助下翻译出版的。我也向公主赠了书。

后来，我谈了在泰国访问的一些见闻，特别对泰王国既执行开放政策发展经济又注意保护和发扬民族传统文化表示赞扬。我说我很欣赏普密蓬国王的一句名言：爱护文化就是爱国家。

公主问我是否见到了泰国普通人民，并说她的父亲常常带她去接触普通人，但公主很快又把话题转到写作上，她说，她出访一次就写一本书，写的都是外国。结果有人批评她写本国太少了，甚至说她不爱国。说到这里，我们都笑了。

公主继续说，她在国内各地的旅行，都与政务有关，写起来很困难。我表示理解。公主又告诉我，不少人劝她写学生时代的回忆录，她也觉得不容易。因为她在学生时代，正常的学习生活就常常被出巡活动所打断。

公主问我，经常写哪些东西。我回答说，我写的内容很广泛，反映中国社会与中国革命的历史进程，也写青年、知识分子、新疆少数民族题材等。我说，我的绝大多数作品都是反映现实反映社会发展变革的，但也写少量的反映人们心灵深处的奥秘的东西，后者有时显得晦涩，有人看不懂，提出过批评。我说，我当了部长以后，公开的批评少一点，不知是不是看"部长"的面子，但肯定还是有异议的。公主听了笑将起来，在场的中泰双方人员，也都笑了。

公主问，你有没有计划结束访问以后写一本关于泰国的书？我回答说，我一定用我的笔，向中国人民介绍泰国的美丽的风光，奇妙的文化，对中国人民的热烈友好的感情，我说，我希望有更多的中国人了解泰国，喜欢泰国，珍视中泰友好。至于能不能成一本书，现在还不敢说。毕竟一回去就要开许多会，而且我已经不是那么年轻力壮了。

公主点点头。公主又告诉我，她的儿童文学作品在中国翻译出版后，她收到上百封中国小读者的来信，她为如何回复这些可爱的小读者而伤脑筋。后来，她在中文教师的帮助下，起草了回信，复制多份，回答热爱她的作品的小读者。公主谈兴很浓，不知不觉就过了一个小时，本来礼宾官告诉我们，公主的习惯是与外宾见面交谈十几二十分钟，到时候礼宾官会给翻译人员以暗示的。他见公主兴致好，便迟迟不发"信号"，最后是我怕占时太多，向公主告辞了。临行时，诗琳通公主又谆谆嘱咐玛纳将军，要把她巡视过的一个盲童学校办得更好。诗琳通公主给我们留下了亲切质朴文雅的美好印象。在听取玛纳将军的礼仪隆重的晋见辞的时候，她用手指摸了摸自己的脸。在我们的代表团的藏族成员向她献哈达后，她探询地问我们，是否应将哈达披在肩上。每逢说话之前，她深思熟虑，并现出和蔼的笑容。她还告诉我，她很快要到印度访问了，她希望能写一本关于印度的书。她对中国人民和中国政府的友好感情溢于言表。她穿一件海蓝色的连衣裙，花纹是横着的菱形，估计是模拟孔雀羽毛的纹路。只消把菱形竖过来，就极像我国新疆和田地区的土花绸。与诗琳通公主的会见，是一个值得温习的极为愉快的回忆。

泰国的季节永远是夏，似乎一年到头都是以穿短袖衬衫为宜。

——《与诗琳通公主会见》

第五辑：
环球凉热

　　剑桥是一个小镇，在细雨中若有若无，如灰如绿。她的稀落静谧，不高不大不新的房子，不宽不大不拥挤的道路，我行我素，不事声张，好像和这阴霾的天气与寒冷的春天一道，打老年间就是这个样子。

——《晚钟剑桥》

我知道"茵梦"只是译音，但是"茵"这个字还是使我立即把它与眼前的这片绿草联系起来。

——《晚钟剑桥》

晚钟剑桥

人总有这种时候，忽然，什么都忘了，什么都没了。剩下的是澄明，是快乐，似乎也是羞惭，更是一种消失，那个有时候是疲劳的、警惕的与懊恼的、絮叨的与做蠢事的自己，不见了，那个患得患失的"人之大患"不见了。却仍然有一颗感动得无以复加的心。

说的是一九九六年五月二十三日，已经几天了，阴雨连绵。那天中午我与妻在伦敦英中中心与几个学者、研究生座谈中国当代文学。开完会，连忙赶往火车站。坐上郊区支线上的车，经过一片片的绿树和田野，向剑桥方向驶去。

剑桥是一个小镇，在细雨中若有若无，如灰如绿。她的稀落静谧，不高不大不新的房子，不宽不大不拥挤的道路，我行我素，不事声张，好像和这阴霾的天气与寒冷的春天一道，打老年间就是这个样子。

　　下车先去会场。在中文系一间办公室里换装，打好领带，人五人六地来到大课堂讨论教室。座无虚席。读准备好了的英文稿，并时时用不标准的英语即兴发挥一下，我不会放过这种"实习"英语的机会。遇到回答提问，就要请翻译帮忙了。英英中中、读读笑笑、问问答答，打成一片。活跃热闹的气氛，似乎给平静舒缓的剑桥大学的这个小角落带来了一点喜气。由于听众中有一半人是来自祖国大陆的留学生和教师，可以从他们的脸上读到一种关切和喜出望外的神情。他们提的问题也很在行，显然他们身在英伦而时时回眸祖国——那一片神奇的土地。

　　在一片真实的与礼貌的赞扬声中离开会场，去大学贵宾馆。经过古老的、上方是耶稣与圣母的浮雕的拱门，穿过这个砌满石条的院落，进入一座厚重的建筑。想不到这座楼房的底层，是一个封闭的室内桥，桥下是小溪，桥的两侧是玻璃窗，其中一侧有四株大柳树的枝叶呈半月形地伸向我们。

　　陪同我们的先生告诉我们："徐志摩描写过这个桥，并命名为奈何桥，据说奈何桥是古代押解死囚去刑场的必经之路，要让犯人感到，这世界是多么美好，然而，由于犯下了大罪，他必须与世界告别。"

　　死刑犯的命运与行刑者的残酷，尤其是徐志摩的名字触动了我。我"哦"了一声，似乎一瞬间时间与空间的一切距离都缩小了，打破了，往事与逝者都靠近了。是的，"康桥再会吧"，康桥就是剑桥。有了逗留才有告别。徐志摩那时候是多么年轻，他是"资产阶级"，他写的都是"象牙之塔"里的诗……而我第一次踏上康桥的土地，已经是六十多岁了。犹谓偷闲学少年？一九八七年首次造访英国，去过牛津没到过康桥。

贵宾馆在另一座古老的楼房里，木板楼梯窄狭弯曲，走在上面吱吱扭扭，令人发思古之幽情。一直爬到四楼，打开一扇厚重的门，是一个幽暗的小过厅，按动墙上的电门，高高地亮起了昏黄的灯。再用那笨重的铜钥匙开开房门，一间宽阔方正的老客厅出现在我们面前。褐黑色调，古朴的大写字台，曲背软椅，式样老旧的硬背沙发，墙上悬挂着一张带镜框的风景水彩画。更多的则是空白，以无胜有，以无用有，这种风格自然与矮小与充满各种物品的旅馆房间不同。

就在这个时候钟声响了。教堂的钟声悠远肃穆，像是来自苍穹，去向大海。我一时停在了那里，等待着，倾听着，安静着。

放下随身携带的物品就去圣约翰书院晚餐。进入书院，先去"派对"大厅。人们介绍说这间大厅保持着三百多年前的习惯，厅内只点蜡烛，不设电灯。人们又说，第二次世界大战当中盟军最高司令部诺曼底登陆的计划，就是在这间大厅里制定的，因为有一张特大的军事地图，只有在这间大厅才能把整个图展开，而且这间大厅的遮光效果比较好。历史是我们的近亲，历史就在我们手边，就在我们呼吸着的空气与我们被照耀的烛光里。

所有前来饮酒并接着去吃饭的人都穿着为在本院获得过博士学位的人特制的黑"道袍"，十分庄严郑重。英式发音优雅做作，每人脸上的笑容都合乎标准。千篇一律的，数百年无变化的餐前饮酒的"过场"飞快地走完了。人们进入餐室，我们与一位来自美国的生物学家算是今晚晚餐的贵宾，被让到了首桌。每张桌子上都放着参加晚餐的全体人员的名单和印刷精美的菜单——当然我们也从中验证了自己的存在，从而得到了些微虚空的满足。众人各就各位。首先由书院院长带领着做祈祷。然后进餐。服务人员也都有一把年纪。主人解释说，由于"疯牛症"的威胁，今天没有牛肉可吃，改吃羊肉。其实头三天我已经吃过牛肉了，如果该染上，恐怕本人已经是潜在的疯牛症患者了。羊肉的味道乏善可陈，我没有吃多少，倒是多吃了一点甜食。晚饭结束后再去"派对"大厅喝咖啡。一切陶冶情性的程序认真完成，并没有用多少时间。远远比参加一次正式宴请简单迅速得多。难得的是这种数百年不更易的坚持。这与其说是吃饭不如说是吃饭的仪式，也许真是一种展现和怀念剑桥以及整个英国的历史、保持（为什么不呢？）和炫耀剑桥及英国的光荣传统的典礼——如果不说是例行公事的话。我甚至猜想，与餐的一些人饭后很可能有约去进行另一顿晚餐，更美味更轻松更富有生活气息的一餐。历史的必须之后肯定还有现实的快乐。当然，这种保守的庄严与珍惜的认真劲儿也令人感动，没有这就没有剑桥，没有英国，再引申一步，就没有欧洲，并且（对不起），这本身就有观光价值。什么时候我们中国也有这种古色古香的演示与咀嚼呢？为什么有时候我们是那样气冲冲恶狠狠地对待历史呢？

　　从圣约翰书院出来，天时尚早，刹那的夕阳余晖一闪，阴云迅速地重新遮盖了天空。我很庆幸，可以早早地与校方的人员告别，享受一个晚上的自由独处。重新走过大院落，走上室内的奈何桥，想着死囚与徐志摩，想着《再别康桥》，轻轻地来与去，和《我所知道的康桥》。想着中外的历史、第二次世界大战与战前战后的和平时光，在剑桥获得学位的那种庄严与不无做作的盛典，"故国"神游，多情应笑我早生华发……然后，来到了那块大草坪上。

　　雨后的绿草如茵，映衬于四面的苍茫的建筑，显现出一种生命的滋润与新鲜。我看到了我们下榻的那间房屋的窗子，也看到了房后的教堂尖顶十字架。我想起了幼年时读过的有关欧洲的一切，比如《茵梦湖》。我知道"茵梦"只是译音，但是"茵"这个字还是使我立即把它与眼前的这片绿草联系起来。我假定绿草坪是欧洲的一道经久不移的风景。我假定不论是《傲慢与偏见》还是《简·爱》的故事乃至福尔摩斯的案件都发生在如此的绿草地上。走在这样的草地上我觉得说不出的感动。我的感动是一种不胜其美，不胜其静，不胜其古老，不胜其空空如也，不胜其平凡而又妩媚的风格的感觉。按照徐志摩的描写，也许这里是应该有几头牛的，但我也没有注意到牛。我说没有注意到，是因为我是如此地融化于这剑河边的草地的静谧之美，我似乎已经丧失了旁的能力。

　　又下起了雨，小风相当凉。妻说快进屋吧，这才依依不舍地进了楼。

　　天也就这样黑下来了。楼里照旧杳无人迹。绝了。今夕何夕，此地何地？虽说已是五月下旬，阴雨天仍然寒冷。好在房间里的暖气可以调节，拧一拧螺旋开关，发出咔咔的响动，一股子温暖就过来了。洗洗脸，用电壶烧开水沏上一杯红茶。晚间，一面说闲话交换我们对于剑桥的印象，一面找出了头几天这次访英的另一个东道主陈小滢女士送的她的双亲凌淑华与陈西滢的作品集翻阅。这才注意到客厅里靠墙摆着一排大书柜，书柜里码着的都是棕色皮面的精装旧书。时光似乎倒退回去了不少，我们与世界也两相遗忘，一种少有的随意与松弛抚慰着我们的心。

这时钟声又清纯亮丽地响了起来。满屋都是钟声，满身都是钟响。咚咚当当，颤颤悠悠，铺天盖地，渐行渐远，铿锵的钟声与一波未平一波又起的嗡嗡余韵互为映衬，组成了晚钟的叠层堂室。我们放下手中的书，我们谛听着饱含着爱恋与关怀、雍容与悲戚的钟声。我们的心我们的身随着这钟声而颤抖而飞翔而化解。我重又沉浸到那种喜不自胜悲不自胜爱不自胜愧不自胜的心情中。我感动于钟声的悠久而惭愧于自己的匆促，我感动于钟声的慷慨而反省于自己的渺小，我感动于钟声的清洁而更产生了沐浴精神的渴望，我感动于钟鸣的深远而更急切于告别那些无聊的故事。

钟声至今仍然鸣响在我们的心里。

……第二天按计划应是乘舟游览。无奈雨愈加大了，无法"撑一支长篙"去"寻梦"，去"向青草更青处漫溯"——只好取消这本会沉醉销魂的旅程。打着伞在剑河边站立了一会儿，分不清树、草、桥、河、栅栏和雨。想着，如果天气好一点是多么好啊——事情总不能太完美。谁能呢？到图书馆里看了看，找出了一九五八年收了我的作品译文的书——那时可把我吓坏了。然后提前离开了这座大学，这座城镇。

留下一些项目以待来日吧，我们都这样说，自慰着，就像来日永远与我们同在。

伊朗印象（节选）

一年前的伊朗之行令我难忘。我怀念美丽的伊朗，友好的伊朗人，美轮美奂的伊朗——波斯文化，亲切自然的伊朗的日常生活。我怀念他们的清真寺，他们的诗，他们的工艺，他们的笑容与美丽的波斯语文。我赞美和呼唤国与国之间、人与人之间、文化与文化之间的亲近与交流。我相信对于自己与自己所熟悉的有所不同的风光与文化的珍重是一种道德，是一种胸怀，是一种拯救。它们或迟或早能将人类联结起来，能争取实现我们所希望的和谐世界。

印象之一：比历史还要古老

在伊朗旅行，你会看到她的许多旅游点的说明书上、旅游商品的包装袋上写着一句话："比历史还要古老。"这句话实在是太美了。

没有做太认真的研究，我已经感觉到了这句话的美丽和分量。波斯、大月氏、安息、大食，就这些名称已经令人陶醉，令人发思古之幽情了。

尤其是波斯。在"文化大革命"中，在新疆，我读到了波斯诗人奥玛·海亚姆的《鲁拜集》。我读的是乌兹别克语的手抄本，而新疆那边，对"鲁拜"这种类似"七绝"的形式，一般是译作"柔巴依"的。

在精神生活荒漠化的时刻，得以背诵赏玩一千年以前的波斯律诗，这是缘分，这是神交，这是上苍的安排。我曾经将其中一首——"空闲的时候要多读快乐的书／不要让忧郁的青草任意生长／痛饮一杯吧还是要去饮酒／哪怕死亡的阴影已经临近"，改译作中国古典的五绝："无事需寻欢，有生莫断肠。遣怀书共酒，何问寿与殇。"我也到处背诵另外两首"我们是世界的希望和果实"与"在蓝宝石一样的天穹之下"。

　　我们是世界的希望和果实，

　　我们是智慧眼睛的黑眸子，

　　假如把偌大的宇宙世界看成一个指环，

　　无疑我们就是镶在指环上的那块宝石！

在20世纪80年代我写的中篇小说《鹰谷》里，我曾经写到这一首诗。我读过郭沫若翻译的《鲁拜集》，郭老把"柔巴依""鲁拜"，把乌迈尔·海亚姆译作我默·伽谟。我还一知半解地翻阅过那位波斯中世纪诗人赖以扬名的诗作的英译本。英译本是住在旧金山的一位美国朋友送给我的。郭译显然是根据英译本进行的，但奇怪的是，我接触过并部分抄录过的乌兹别克文译本与英译本根本无法参照，二者有某些相似的情绪、意象和比喻，却找不到一句相通。特别是图尔迪给我念的那首少年意气、才如江河贯地的诗篇，在前两个译本中根本没有影迹。

一九八〇年，我曾经在国外的一个作家们联欢聚会的场合用乌兹别克语朗诵了那首诗：……我们是智慧之眼的黑眸子／若把偌大的宇宙视若指环……

一个土耳其诗人狂喜地告诉我，他全部听懂了。

不论在世界的哪一个角落，地球上的哪一条经线与纬线的交叉点，祖国的哪一块光明而又奇妙的地面，我还是常常觉得若有所恋，若有所失，若有所忆，若有所思……

早在两年前我已经获得了伊朗伊斯兰共和国文化部部长的邀请，要我去参加该国的图书节，由于一些我方的原因，未能成行。终于，在二〇〇六年十二月七日，我到达了德黑兰。德黑兰这个名字也是沉甸甸的，我想起了二战中的德黑兰会议，我想起围绕着这个地名有过和正在有多少风云变幻。

而且有些朋友，至今称赞我访问伊朗的"勇敢"，这个关于"勇敢"的说法里，其实透露了对于伊朗的不了解，乃至于偏见，透露了某些西方媒体的宣传的力量。

事实并非如此。

设拉子的名称在中国古代史上已经赫然在目。它的波斯波利斯的石柱、石门、人像与狮像仍然庄严、刚劲、挺拔，好像是古迹在向时间抗议，古迹在拒绝时间带来的毁灭。时间毁坏了多少繁荣？繁荣仍然无言地、决绝地、悲怆地挺立在荒漠之中。两千五百年前，此地的人信仰的是拜火教。它的风格令人想起古埃及的卢克索——卡纳克神殿，不知道它们之间有什么关系。环境的荒漠透露着历史的严酷与沧桑，地域的广大与满目的阳光似乎不甘心于寂寞与等待。一个古国是有自己的深度的，深度的悲哀与雄心，深度的历练与郁闷，深度的向往与沉着。在波斯波利斯遗址中穿行，我们有一种古国神游的郑重感与满足感，也有一种面对着逝者如斯夫、不舍昼夜的时间的苍茫感与无奈感。

这就是比历史还要古老的浩茫心事啊。

设拉子还有萨迪与哈菲兹墓，两个都是诗人。这是一个诗的国家，诗、诗人都显得那样尊贵与神奇。他们的坟墓更像一个四柱与一个八柱亭子。在哈菲兹墓，人们还有一个风习，要在坟墓正中拿起一本哈菲兹的诗集，闭目祈祷，然后郑重地任意翻开一页，可以从这一页得到你的人生预言与指示。

我的那一页是："你的最好的努力，并没有得到相应的报答，然而，最终，你是有善报的。"

芳的那一页是："你的慈爱撒向人间，被人众所接受和感谢。"

芳听到了这句话的中文翻译，激动得几乎流出了眼泪。

印象之八：寥落古行宫

最负盛名的伊斯兰风格的展现在伊斯法罕的伊玛目广场，伊玛目的大意是"伊斯兰的教长"。在到伊玛目广场前，我们先到了伊斯法罕的四十柱宫。

首先有趣的是，名为四十柱宫，却只有二十根与中国建筑里的柱子相比要细许多的优雅精致的八角形柱子，支撑着宫殿宽阔的前廊，它们的倒影映射在廊前的长方形水池中，出现了另外二十根水中的柱子的虚像，二十加二十，于是就是四十。这种虚与实的叠加，这种实物与影像的兼收并蓄不分你我，这种思想（计算）方法堪称绝妙，在我国，只有李白的"举杯邀明月，对影成三人"可与之比拟。

宫殿坐落在一个大花园里，总面积是六万多平方米，建筑面积是一千多平方米。建于15世纪，说是典型的波斯式宫殿，曾经用来接待贵宾和外国使节。大厅的墙上画着巨大的壁画，大致是叙述当年的文治武功、朝廷盛况。正面有一镜厅，由玻璃拼接做成，不开放，从外面可以看到里面的一些古装画像与古代衣物，说是17世纪所建。此外，大殿里摆放着一些器皿、古币、文书等物品，供游人参观。

说实话，这些我已记不清楚，反正世界各国我看到过的宫殿、行宫、皇家花园等已经不计其数。什么凡尔赛宫，什么奥地利茜茜公主的宫殿与花园，什么华沙的大王宫等。这个四十柱宫并不比上述诸宫更辉煌壮丽。反而难忘的是四十柱宫的花园，树木参天，水池清澈，落叶满地，秋意清爽中又使人产生出嗒然若丧的遗憾。

王室宫殿的最最迷人动人之处，它的最大的价值和意义，似乎未必显现于国王生前，在陛下使用它日理万机、运筹帷幄、送往迎来、杀伐决断之时，这宫那宫与人们能有多大关系？只能是你威风你的宫殿，我凑合我的草窝，保持距离，各自平安。倒是在人去楼空、色颓瓦坏、柱歪石损、漆脱墙沉之时，在王朝覆灭、往事如烟之日，无限风光在后人，在"寥落古行宫，宫花寂寞红，白头宫女在，闲坐说

'零星'"之时，凭吊往事，追怀前朝，其味无穷。花园是永远的，鸟雀是永远的，落叶犹如昨日，殿堂有点破烂了，正好参观。

我不知道这是不是与多数穆斯林聚居区属于干旱炎热地区有关，他们特别重视水流水库与树木花草的栽植与维护，注意廊檐亭阁的修建，注重大自然的生态与环境的赏心悦目。

纷披的落叶，飞过的鸟群，秋天的气息，游客的笑声，"咔咔"的快门，就这样，我们欣赏了其实也是错过了这个半古的四十柱宫。你可能记不住宫殿的底细，你却忘不了一种非现代的、后现代的、树的人的房的与秋天的气息。

心碎布鲁吉

　　██████　什么是美？我对各种美学主张及其争论十分缺少研究。我只能说一说个人的体验：美是一种解决，是一切矛盾焦虑和痛苦的伸展和提升、碎裂和逊退。美是一种宾服，美是一切武装的自动解除。你无法想象美的诞生美的构成美的靠近，面对着美你只能怀疑自身驱逐自身。美是战栗是哭泣是消融是愧悔是毫无办法。美是一种牵肠挂肚的怜惜，愈是迷人愈是眷恋就愈是揪着心提着肺捏着肝的恐惧——你生怕这一切不设防的天真与纯粹的美丽在转瞬间失落坏萎——你不知道这美究竟是不是真实的。你觉得美是那样地靠不住，不堪一击。而美又是一个高峰，在这个高峰上生与死的界限当可泯灭，瞬间即是永恒，永恒转眼空洞。目的与过程的界限也将会泯灭，满足即是焦渴，酸楚引入极乐。芥子与宇宙的界限渐渐泯灭，精致极处是恢宏，无垠无迹却又重负惨淡的匠心。人与天、我与你的界限自然泯灭，人心亦天心。而有与无也早已化为一体，存在成就了寂灭，而大块终归于无形。

　　是一九九六年六月十一日的清晨，五点多钟我们就起床做好了准备，呼吸着德国乡间的清洁美丽的空气，欣赏着朝霞下绿草地上的孤独的老马。老马的从容平静令人泪下。我们注视着已经开始结果的樱桃树和门前的爬满墙壁、一直爬到了我们的二楼百叶窗口的攀缘红玫瑰。我们感到困意难消，连连哈欠，同时又惊异于人们为什么那么贪恋于夜晚的活动而放弃了一个又一个纯美的清晨——这人间获得的最宝贵的礼物。比预定的时间还早一点，友人励心与她的儿子米切尔驱车到达了我与妻小住的科隆市附近朗根布鲁希村海因里希·伯尔别墅。他们睡眼惺忪却也是兴致勃勃地驾驶着一辆墨绿色的大众牌旅行车，载着我们开始了比利时、荷兰之旅。

　　十五分钟后，我们到达了德比荷三国交界处的德国城市亚琛：那里有古老的巴洛克式教堂与故宫广场，有古色古香的酒吧，像是"拉洋片"中的一幅图画，还有街头的滑稽铜雕。几天前我们来这里盘桓过一个晚上，流连赞叹不已；而这次只能狠心匆匆掠过。这也是无常一例么？

　　又过几分钟就到了德比边境。根据"申根协定"，德、法、意、荷、比等国互免签证，取得了其中一国的签证就等于取得了别国的签证。边境虽有边防标志和边防机关，也有停在那里的货车等候检查，但对于小客车却连看一眼也不需要就让它们毫不间断地风驰电掣，长驱直入，宛如已经世界小同。我觉得有点新奇。我突然想到，由于早起急躁，我竟连护照也没带在身上，那么即使顺利入了境，碰到住旅馆等需要护照的地方岂不麻烦？但励心和她的儿子说，这也不会产生任何问题。森严的国界在这里给人以完全不同的感受。

　　说是比利时没有太大的特点，不过旧房子多，布鲁塞尔又是北大西洋公约与欧共体所在地，比利时人称之为欧洲的首都。最不同的一点是，比利时的高速公路修得特别好，夜间，漫长的高速公路上灯亮如同白昼，这是因为在世界处于两极对立时期，北约考虑到战时的需要，这些公路平时是公路，而一旦打起仗来，就要作为备用飞机跑道摆在那里。我想起了一句带洋味的老话，叫作武装到了牙齿。

　　于是开始了在比利时的忙碌，我要说的是疲劳的一天日程。先是到滑铁卢古战场参观大败拿破仑的著名战役的纪念馆、纪念塔，并观看了风光影片，使初中时学过的历史复活起来，炮火隆隆，马刀闪闪——原来一切往事都有自己复活的契机，往事依依，时间永远，思之幽然。然后是到布鲁塞尔市郊的"原子球"里。"原子球"是一座别出心裁的建筑——雕塑——旅游景点。远远就看见了它的巍峨宏大，以分子结构的造型来修建一座建筑，我们这些游客从一个个球即一个个原子，通过圆柱形通道即一个个原子链向另外的球钻去。这也是把科学主义发展到极致了吧。

　　晚上在根特市旅比华人作家张平开的餐馆里与当地侨领以及中国驻比使馆的几位官员一起用餐。吃完饭，已经十点多了。说实话，我已感到疲惫不堪。但是主人说是近处还有一景不可不看，说是某一次一个来自国内的客人看了，认为此地不来就等于白走了一趟欧洲。于是，只好且信且疑地前去。心想，世界上的各种景观我见过的也不少了，欧美亚非澳，三十多个国家和地区我也都去过了，果真还有什么殊异其趣的新奇美丽就在这边不成？

便走到了一条铺着石板的街，两边大体是二层小楼的住户，每幢小楼的顶部都用不同的古朴天真的手写字体标明了楼房建筑的年月，最早的有17世纪的，其他也早于百年以前。原来这里也与英国一样，人们有点厚古薄今，人们不是在追逐时髦追逐现代化，而是在追求古雅和稚拙，追求一种历史感，并且从历史的存活与得到保护当中安慰自己，因为我们在经过一个短暂的热热闹闹的过程以后也终将与这些老房子一样进入历史凝结成历史。不知道这是一种文化品位一种对于并没有什么金刚不坏的永久的世界的悲哀，还是现代得太足太腻之后刻意寻找的一种新的心理的补充和平衡。

每幢房子的结构布局都各有不同，但又具备着同一种风格：简朴和装饰美，实用价值和观赏价值。我觉得这些房子还传达着一些趣味，不然，又何必那么千变万化，自出心裁，着意经营？小楼并不高大，粉刷得五颜六色，门窗都如浮雕。各种几何图形变化搭配，窗子有矩形的，有梯形的，有六角形的，有宽边框的，有无边框的，有正对着街心的，有斜对着街面的。楼房的阳台上摆满了鲜花绿叶，红黄白紫。这与其说是一些房屋，不如说是一系列细心摆弄的艺术品展览品。愉悦我们的街巷，愉悦我们的生活，愉悦我们可怜的自身吧，这些房屋的主人肯定有这样的一个共同的心愿。

拖着疲乏的却不可能是不开心的步子，在这样一个令人愉悦的小街走了十分钟，来到了一个小小的广场。当地的朋友解释说，这里每一个小区都有一个广场，这个广场是比较大的，因为广场的一侧是市政大楼。这个市政大楼不看则已，一看，让人惊呆了。

你不会想到它是市长办公的地方，它更像是一座放大的象牙雕刻。它太花哨，太具有装饰性了。这不是办公楼，而是布鲁吉市的、整个比利时的一个摆设。说摆设又太轻佻了。因为这座建筑是那样的应该叫作呕心沥血的投入。灰白色的条石，哥特式的一个又一个尖顶，有的似乎是用尖顶包装的烟囱一类设施，有的则只是装饰性的"宝塔"——其色彩和形状堪称是"象牙之塔"。这种宝塔迎面的最大的有四座，四周的就更多了。这种塔上长满了"刺"，我不知道它的造型是来自仙人掌科植物的启发，还是模仿什么欧洲的狼牙棒式的兵器。斜陡的房檐上露出了五排褐红色的天窗，好像是灰白的背景上绽出了几朵红花。窗子与门廊则是桃拱形的，每个窗子上方都是几个重叠的铁棱花。窗内与门廊内呈现出一种幽暗的深邃。建筑的下方则是各种精雕细刻的花饰和既有人间性也有神性的一组雕像。市政厅对面的文献中心是一个雕塑群，古典的英雄式的铜雕被刻有民间风味的浮雕的大花岗岩石座托起，映出华灯初上的光和影。初夏的夜晚的背景与古老的建筑的精美令人震撼。你立即被这种不可思议的精美所折服。你不由得伫立在那里。你无言建筑也无言。无言却又那样充满了情意。你在古老的欧洲建筑面前体会到了人的热情、愿望、智慧、想象、工作与天真。你可以想象修建她的时候修建她的人们是怎样地充满了爱惜、精诚和向往。人们经营她像经营自己的无法经营的梦。修建她的人们早已无影无踪，而建筑因了年代的距离而更加迷人。人怎么可以下这么大，我要说是这样傻的功夫去修一座房子？不是为了实用，不是为了排场，不是为了豪华，不是帝王的坟墓如埃及的金字塔，不是巨大的教堂以表达一种超自然的神奇的信仰，也不是皇家的宫殿以象征权力与威严。人们这样修建一所奇妙而亲切的房子，难道只是为了它的美丽？美丽是什么？美丽能给我们带来什么？美丽有这么重要么？我们忙于吃喝，我们忙于生存，我们忙于战斗，我们忙于辩论，我们忙于工作和算计，我们常常武装到了牙齿……我们哪里有闲情逸致去白白侍候美神！多少巧思，多少精力，多少情感，多少时间和财富付给她了。你又能拥有她多少天多少小时多少分钟呢？呵，说到底，谁又能拥有美呢？可怜的人类呀，你永远不能得到自己的创造自己的劳动自己的心血哟！你永远得不到的最好的东西。美，说到底，只是为了后人的瞬间的感动哟！这不也是知其不可而为之吗？你与她匆匆邂逅，在天色已晚的时刻，在你疲惫不堪的时候。也许一生只有这一次机会，也许一生没有这么一次机会。也许你最终只能与美擦肩而过，也许居住在她的近旁的人也没有条件欣赏她和沉醉于她，而世界上又偏偏有那么多的人视美如寇仇……

　　你似乎有一点醉意。你本来不想来。如果你不来呢？布鲁吉还是布鲁吉。然而，你还是你吗？你没有因了布鲁吉，因了对于布鲁吉的喜爱而有什么不同么？你跟随向导转到市政厅的后面，是剥落的黄砖，是巨大的樟树和深厚的灌木，是小小的石桥，是开满小野花的绿草地，是潺潺的溪流，是水面上的白鹅，这里又是一个小世界。

　　再走几步，是一些老人露天喝咖啡的地方。你觉得他们的生活其实很狭小很单调，缺少狂风暴雨，虎啸龙吟，布鲁吉这里的老人其实都是一些边缘人。是他们应该羡慕我们吗？或者相反？或者只是各有各的命运而已？

　　然后是小小的教堂，小而精致，即使最小的教堂也是矗立着伸向苍穹的永远的十字架。然后又到了河边。然后是一座花园的古老的墙壁。酒吧。店铺。钟声。碧绿的攀缘植物……

　　……我已经困倦得滴里当啷。我只觉得那么揪心，那么甜蜜，那么健忘，那么心碎碎的，心痛痛的。人的一切，让你爱得惜得怨得恨得好心疼噢。

难忘的格里格故居

　　格里格的名字我们当然并不陌生。他的音乐是人们比较容易接受的那一种，抒情，优美，流畅。他是挪威人，曾经在德国住了很长一段时间，但是，人们说，他的创作的灵感来自他的祖国挪威的美丽与独特的河山。他后来一直生活在挪威西岸的名城卑尔根，直到辞世。自挪威首都奥斯陆去卑尔根，旅途美不胜收，如诗如画如歌。乘火车如乘格里格的音乐前行，沿铁路如沿格里格乐曲的旋律攀绕，发动、奔驰、降速和暂停似乎也都体现着格氏乐曲的节奏。它使我想起鲁迅的散文《好的故事》——当然，是北欧的、挪威的而不是中国江南的好的故事。夏末秋初，阳光明媚，一片清明的翠绿和墨绿，不同的植被造就了统一的清静和变化的层次，道道水域平光如镜，甚至连嶙峋的巨石与终年的积雪也澄明如洗，强悍的布局中时有宜人的光线扑面而来，正如格里格乐曲的基本色调。环顾森林、山峰、湖泊、积雪、岩石、少量的建筑和居民，如温习格里格的浪漫情怀，原生的裸露与人间快乐浸润交融，万象一心而心生万象。起伏回环，旅途曲折有致却不涉险阻，相当的平稳顺畅；目不暇接之中，风光并不斑驳绚烂，它具有自己的透明和单纯，如格里格的弦乐和长号；辽阔静谧、山野茫茫，画面却不孤寂更不荒凉，一草一木，一石一波都充满了活泼泼的生命，舒适清新，如格里格的主题。

这样的火车之旅着实难得。我曾沿德国的莱茵河坐车目送落日，也曾于黄昏自纽约出发去费城，它们都很美，但没有挪威这里这么多的自然，它们的风光偏重人文景观。我也曾陶醉于祖国秦岭的逶迤与星星峡的严峻。它们是伟大的，牵心动情的，但不同于挪威奥一卑沿线的这种惬意。观光观光，坐在这趟火车上当真体会到了观光的含义与乐趣。

一路上，你常常分不清海、湖泊和河流。如果看挪威的地图，你就会发现她的海岸线曲折细碎，海进入陆地变成了细流，把陆地切割成无数小岛、半岛、山丘、三角洲和锯齿；也可以反过来说，是陆地把海切割成小溪、池塘、山涧、河流和内湖。在中国，不论是大连是北戴河还是海南岛，大体上海是海陆是陆，海在陆外，陆在海边，陆尽为海，海遇陆止，海陆二者布局分明。而在挪威，有时候海并无占领的浩瀚与涌动的声威，海与陆相生共生。海就在你的身边，海化成了细流小洼，温文驯顺，亲切善良。她无处不在，海中有陆，陆中有海，海是你的挚友，海是你的庭园，海是你的日常生活。

而我觉得音乐家格里格的故居是挪威此种海陆交隔的浓缩甚至是提炼。它位于卑尔根的海、山与平地的交接或者更正确一点说是混杂处，格里格的工作室位于陆地的一个细长的尖端，它深入海里如格里格的天才创造深入于挪威的大自然和全世界听者的心灵。小小的房间里只放了一张写字台、一把椅子和一架钢琴。钢琴凳上垫着厚厚的乐谱，因为格里格的个子很矮——只有一米五多，他要把自己的凳子垫高，才好弹奏。多么可爱的小个子！也许和他的写字台、钢琴同样重要的是小房子的巨大的方窗，窗外是海与天，岛与山。山侧是一片岩石峭壁，格里格的坟墓就建立在石壁上。他生前就选中了这墓穴，他把自己的身心最终交还了挪威的母亲大地。这是一首圣洁的安魂曲。无怪乎挪威人告诉我说他们是怀着宗教的虔诚和终极寄托来对待大自然的。大自然就是他们的上帝、他们的神、他们的活着与死后的安居家园。石壁下有一段栈桥，沿石桥可以走向海的纵深，可以欣赏海的茫茫无际与幽幽无言。挪威的近海与中国的近海在这方面又是不同的，它可没有那么大的潮汐和风浪，错综的地形阻挡了控制了海潮的威风，使海变得更加平和。挪威的沿海是平和的，不知为什么它们使我想起挪威的狗。其实不仅挪威，欧美国家的狗大致都不凶恶，它们彻底地宠物化了，它们也许放松了对应该警惕的人的警惕，但是至少它们本身没有变成对善良者的威胁。

　　再回到海的话题上来，海可以伟大宽广，怒涛万顷，海也可以温声软语，得心应手。挪威本身就是一个半岛国家，她的重要的城市差不多都依傍着海，海是挪威——她的城市和乡村的一个组成部分，而不仅仅是它们的周边底色。

　　参观格里格故居是我们访问卑尔根的最后一项日程，隔着门玻璃看格里格的工作室又是看格里格纪念馆的最难忘的节目。看完他的工作室，我与妻漫步到栈桥上，欣赏落向大海的太阳，欣赏明丽而不刺目的、没有污染过的天空，欣赏成群的海鸥闲闲飞过，觉得无限平和，觉得离格里格那样贴近，觉得大自然和音乐是人类的家园，是造物的赏赐，是人的精神的摇篮。人最终应该生活在自然与音乐而不是硝烟、硫化氢废气、吵吵闹闹与子弹呼啸里。人本来都应该有机会接受大自然与音乐的熏陶，暂时没有机会也应该有机会通过艰苦的聪明的与有效的努力去争取和创造这样的机会，否则那才是最大的不公正乃至罪过。

稍向高坡处走走，是一个规模不太大的音乐厅，音乐厅的房顶修成了茅草顶的外观，以与整个情调和谐，而厅堂的内部仍然是现代化的。我想起了杜甫的《茅屋为秋风所破歌》。我们在厅外的另一个小放映厅里欣赏了格里格的音乐风光片与格里格的书信朗诵风光片。格里格的文笔极好，特别是他记述自己对挪威的大自然的感受、记述挪威的自然风光给他的音乐创作以怎样的灵感的那些段落。最好的文字却原来并不准备发表。

再往高处是格里格生平图片展厅和纪念馆的办公室和服务台。这是一个重要的接待客人的地方，所有的贵客都会被安排访问这里。我国的许多领导人都来过。纪念馆馆长向我们介绍我国领导人访问这里的情景，介绍他们怎样弹奏格里格的钢琴和在那间钢琴室唱歌。四百万挪威人何等地重视自己的文化传统、文化名人，他们崇奉他们，介绍他们展示他们如对待自己的精神的宝石与明珠，他们知道一个民族的地位很大程度上取决于她对人类文化所做的贡献。他们的举世公认的文化名人数量不是太多，但都有杰出的成就与巨大的影响：音乐家格里格、戏剧家易卜生、美术家蒙克等。世上有哪一个有希望有尊严的民族不是为自己的杰出的文艺家而自豪而珍爱，像保护自己的眼睛一样地保护自己的文化果实，而是相反——去贬低它和糟践它呢？

由于日程安排上的困难，为了参观格里格故居，我们从原定的日程上取消了乘船从卑尔根赴施特凡格的节目，代之以匆匆的飞行。这当然有一些遗憾，可以想象那先前拟议中的河上之旅将是多么迷人。但是格里格的故居更是不可不看，它是我看到过的世界上最美丽、最迷人、最安详、最让人心旷神怡而且让人看了又看想了又想的地方之一。哪怕为了它而牺牲了别的，我仍然觉得满足，觉得充实而且快乐。

塔什干晨雨

在塔什干的十二天过得非常热闹，一切声音、色彩、形象、表情，似乎都强化了。电影节嘛，银幕上放大了的生活不能不影响到银幕下面和电影院外面。

五月二十二日从莫斯科一到塔什干，参加电影节的外国客人便受到了载歌载舞的盛大欢迎。此后到达中亚历史名城撒马尔罕的时候，出席列宁集体农庄的宴请以及当晚离开撒马尔罕的时候，那种长柄唢呐呜呜、手鼓与大鼓嘭嘭、上百名少女穿着乌兹别克彩裙（式样花色与我国新疆和田维吾尔女子常穿的彩裙无异）翩翩起舞的场面又再现过三次。

还有频频的献花。感谢那位年老的女服务员拿给我一个花瓶，很快，我住的乌兹别克斯坦宾馆409房间的花瓶里便插满了鲜花。至于那些参加塔什干电影节的美貌的电影明星们，估计得到的花束会更多些。还有好几次盛大的招待会：讲话、敬酒、举杯、红黑鱼子、串烤羊肉、抓饭、吸收了乌兹别克民歌旋律的摇滚扭摆舞，一切都是大张旗鼓，好像一个电视接收机，所有的旋钮都按顺时针方向拧到了最大限度。

当然，尤其不能不提到我们每天的主要活动——看电影。如果把正式参加电影节演出的故事片全部看完，上午、下午、晚上各两部，每天就要看六部……您倒是试试，一天看六部电影，连看上几天，您的头会爆炸的。

还有在饭厅、在前廊、在大门口与各国电影工作者的友好会见。为了使别人听得见自己的话，连举止最为优雅的标准绅士也要扯起喉咙叫喊。还有录音采访、摄制纪录片、记者招待会、参观市容出游、私人会见、兑换卢布与购买纪念品。还有当我们这些外国客人集体"出巡"时三轮摩托警车的开路与卫生急救车的殿后……

总之，每天都是热热闹闹、闹闹哄哄、轰轰烈烈、欢声笑语，气氛十足。尽管中苏关系还很微妙、很麻烦，远远不是已经平安无事、一切顺利，但在这里，主人与客人宁愿"只叙友情、不谈政治"，做客的和待客的都要个皆大欢喜。

于是我睁大了眼睛，挖挲起耳朵，调动起口舌，努力看、听、说和吃，努力从苏联中亚细亚这座很有气魄的城市，从它的电影节内外活动中接收更多的信息。我当然感谢主人的精心安排与热情好客的接待，我也喜欢这种热烈和热闹的气氛。但随着时间的推移，我又似乎有几分惆怅。大概写小说的人不一定那么适宜参加电影家的活动吧。与大轰大嗡的电影相比，我们的小说是多么文静、多么娴雅、多么忧伤啊！写小说的人也许宁愿场面小一点、声音低一点，以哪怕是带着追怀和失落的伤感的复杂心情，去探寻这块我们自幼熟悉却又变得如此陌生的，近在咫尺却又远在天涯的土地上的谜语吧？

请原谅，我的苏联东道主、我的在电影节上新结识的朋友，还有我国的电影工作领导部门。在塔什干的最后几天，我想的是，电影节好是好，一辈子参加一次也就够了，生活毕竟不是电影，日子也并不就是节日，哪要得了那么多载歌载舞和宴请？

根据以往的经验，我知道，当时光的流水冲刷过去以后，盛大的东西并不总能留下深刻的印迹。已经是一九八四年六月一日的夜晚了，六月三日凌晨我们便要告别塔什干，这热热闹闹的一切便从此烟消云散了么？

我似乎有点不甘心。六月一日夜晚，我怀着依依惜别的心情，穿过旅馆门前的地下通道，来到马路对面的树林里。

真是瞎忙！在这座宏大的旅舍住了整整十天，竟一直没有到对面看看。这是一个街头公园，花和树整整齐齐。有几株三个人合起来也抱不拢的大树，显然是栽植于70年代大地震之前。报刊亭已经关闭，冷饮店生意兴隆，尽是争饮格瓦斯与百事可乐的红男绿女。是的，这一天是周末，在苏联，周末还是很有气氛的。一座饭店的窗户遮着严严实实的窗帘，从中传出迪斯科的乐声，节奏鲜明急促。门口有维持秩序的警察。有一个妇女在气愤地喊叫，似乎她是来找她的女儿，不知向警察诉说了什么。再绕过去就安静了，在安静的花园中心，矗立着高高的纪念碑，老远就看得见纪念碑上雕像的大胡子。是马克思？又像，又不像，我好像不能判定。走近了才看清楚，是马克思。

　　回到旅馆我就沉沉入睡了，睡到六点多钟便醒了过来。这里的人们一般都是睡得迟也起得迟的，六点钟是一个很早的时间，但我不想再睡下去。梳洗完走到门外，真难得，天阴沉沉，淅淅沥沥地下着雨，吹到脸上的是湿润凉爽的风。塔什干的夏季历来是炎热无雨的，不过才是五月下旬，我们这些电影节来客便已经尝到了塔什干之夏的威力。当我询问当地的朋友塔什干夏季的降雨情况的时候，被问询者的回答是"根本不下"。今天又是怎么了呢？

　　街上的行人和车辆都很稀少，我走下了地下通道，倒看见几个行色匆匆的人在朝另一个方向——地铁车站的方向走去。我从对面的通道出入口处出来，看到了地上的泥泞，原来夜间雨下得不小呢。一圈又一圈的鲜红的、粉红的与黄色、白色的玫瑰，五月底六月初，正是玫瑰盛开的季节。树大部分似是枫杨，树叶像枫，树干是杨。塔什干不愧是花与树的城市，在这干旱少雨的地方，到处有着众多的花与树。也许正因为干旱少雨，人们才更懂得爱惜花草树木吧。

　　报刊亭已经睡了一夜了，现在也仍然不到营业时间，亭里亭外杳无一人。但是毕竟已是白天，隔着桶状的窗玻璃可以看到几份报纸、画报和为旅游者准备的风光明信片。夜总会——我想昨晚有个母亲在诉说的那个地方可以叫作夜总会吧——与冷饮店也都变得安安静静了。它们都在休息。

　　好安静啊，来塔什干十几天还从没有这样安静、凉爽、潮润过，连雨打在脸上、头上也是舒服的。

　　我缓缓地再次走到了马克思像前。马克思静静地待在一个静静的地方。碑有三层楼高，由青白色的条状巨石筑成，上面的石头比下面的石头还要宽大些，矗立在那里像一道强劲的光柱，威严地向天空放射。当然基石还是大的，但碑并不树在基石的正中，似乎有一点不平衡。这不平衡却被马克思像的飞扬的胡须平衡了。马克思的须发扬向一方，是神采飞扬，是愤怒，是呼唤着历史的暴风。然而他沉默着。

我虽然不懂雕塑，但这像这碑仍然强烈地感动了我，也许更主要的是因为它是马克思。我走近细看，发现碑下用多种语言写着字。其中中文是繁体的：全世界无产者联合起来。

此外，我能辨认出的文字还有俄语、英语、法语、西班牙语、德语、阿拉伯语等。从中文的繁体看来，此碑的建成不会晚于50年代中期。我看着这碑、这像、这文字，感从中来，喟然慨叹。

雨却愈下愈大了，我的头发已经变得湿漉漉的。看着横穿马路的地下通道入口，还远，而且有泥泞。近处没有房屋。

只有一株株大树，正好避雨。我紧走了两步躲到树下，这树冠又大又密又厚，雨虽然还在下，树冠的下面却是绝对的干燥而且安全。站在树下，听着雨声，看着雨、树、花、马克思碑，我觉得如梦如画，似喜似悲。

这时从远远的对面走来了一位中年俄罗斯妇女。从长相和穿着上，我相信我还是能分辨出中亚细亚各民族"土著"和俄罗斯人的。这位妇女身穿质料朴素的绿花纹的连衣裙，长圆脸，目光严肃中充满温柔，脸色不算很健康。她没带雨具，匆匆站到了我斜对面的第三株树下避雨，到了树下以后，她庆幸地一笑，和我找到我的"保护伞"的时候的表情一样。

然后她回转身来看着我，我也看着她。我猜想她是一位辛劳的有教养的工作者，我相信她的肩膀上有一副并不轻松的生活的担子，然而她还是快乐和充满希望的。我猜想也许她的丈夫没有好好地待她，否则她的目光不应该是那样。我猜想她正在猜想我是什么人。在塔什干，正像在旧金山一样，我多次被人当作日本人，也着实可叹。我们的脸上都出现了笑容，我们都感到一种慰安，我们似乎已经用目光和笑容互致了良好的祝愿，虽然我们谁也不知道谁。虽然雨还没有停，天阴得很沉。

印度纪行（节选）

二〇〇一年十二月五日至十七日，我与熊召政、余光慧、何向阳、钮保国等一道，作为中国作家协会的代表团出访印度。此前我已访问过四十来个国家和地区，出行八十多国（地区）。但访问印度是我自己特别提出要求来的，印度对于我来说，或者不只对于我来说，完全是别样的世界，别样的感受，意义非同寻常。访问中访问后观察印度，揣摩印度，思考印度，萦绕于心，久不能忘。零碎记之，不敢不与读者交流共享。

美丽的印度石窟

印度的大小石窟极多，佛像与印度各种宗教的石雕与壁画多不胜数，其最大特点是美，人间性的美。

印度的神像其实就是完美的人像，丰满，浑圆，曲线，充溢着生命的动人的光辉，其实是十分的性感。在我们重点参观的爱罗拉与阿旄陀石窟中，你感到的首先是满足与沉醉，是欣赏与呼应，是亲切与吸引，而不是在欧洲乃至在中国进入一些宗教遗迹时的那种敬畏与膜拜。例如埃及卡纳克神殿使你感到的是超人的宏伟，德国科隆大教堂使你感到的是高高在上的神祇。而阿旄陀的石窟给你的冲击是人间的特别是两性的美妙绝伦。当然这种性感得到了足够的升华，它与其说是肉的不如说是灵的，更正确地说，是从肉体的完满而走上了灵魂的圆融通彻。它拥有一种肃穆、喜悦、和谐、圆满、自足和平安；甚至它的欢喜佛也是充分地宗教化了的，即已经上升为一种仪式，一种对于神与它创造的人类的赞美，一种拜天祭地的歌舞。观印度的欢喜佛而邪念杂念顿消。它绝对不包含暴力倾向，不包含病态和变态的疯狂凶恶倾向，不像某些欧美的艺术作品所表现的那样。它是形而下的，因为那丰满的肉与曲折的线；它又是充分形而上的，神学的，因为那神情、那充盈、那慈祥、那永远的欢喜。据说印度人特别认为人体成为S形是最美的，在我们二〇〇一年十二月八日参观的奥兰加巴德的阿旄陀石窟（唐玄奘的《大唐西域游记》中曾经描写了此窟）中最有名的舞女像的身体就是S形的。我从中也想到了盘膝而坐的姿势。在这些神像与人像中找不到一个死角，一个硬折。在身体的曲折中，体现了柔韧，体现了丰盈，体现了灵活（死人才是僵硬即强直的），也体现了——我以为——是一种虔敬和谦卑，一种信仰与反思；这就与例如百老汇舞蹈的那种极力伸展张扬和炫耀释放性的动作、姿势成为鲜明的对比。

奥兰加巴德的装饰布画大多取材于石窟雕像与壁画，在深色布上用鲜艳的天然颜料作画，极具观赏性。其中的女像也是极尽窈窕与丰满。顺便说一下，儿时读诗，"窈窕淑女，君子好逑"，我一直分不清什么叫窈窕什么叫苗条，我还以为苗条就是窈窕的俗称呢。这回好了，到了印度就知道什么叫窈窕了，而且是丰满的肉感的窈窕，又是诗一样歌一样舞一样的窈窕。布画中的女子侧影尤其动人，侧影只画一只眼睛，如我们的皮影，然而一只眼睛的女子更加妩媚窈窕，亭亭玉立，端庄娴雅，圆润天成，令人神往。

印度人的美绝不一味强调苗条，不强调减肥，它的神像也好，电影明星歌星也好，都是既灵动又丰满的，他们承认体形的美，也承认肉体的美，更承认精神的美。神就是人的完美化，神就是人的理想的体现与升华。这是我这样一个非信徒在访问印度中所得到的神学与美学启示。

泰姬陵

就在我们出发赴印的那个白天——顺便说一下，由于中印尚未直航，我们是先在午夜乘飞机到新加坡，次日中午再转机到新德里的——恰好中央电视台播送介绍印度泰姬陵的风光片，这个陵真是举世无双，它完全可以与埃及的金字塔（法老的墓）或者现代的西班牙首都马德里的依山面海的佛朗哥墓媲美。所有的到了印度的人几乎都要看泰姬陵。它位于距新德里一百多公里的阿克拉镇，距离不远，但交通可很辛苦。再辛苦也罢，到了那里，看到纯白的大理石巨块，几乎可以称之为镶嵌一般地，即严丝合缝地垒起的圆拱形建筑及整个布局，你有一种来到了另一个世界、别一个天地的感觉。这里，纯洁代替了污秽，规整代替了混乱，美妙代替了丑恶，安宁代替了慌张，和谐代替了冲突，肃穆代替了轻浮，宽敞代替了拥堵。人怎么可能想出、做出、完成和保存这样的创造？于是你叹为观止。

而且泰姬陵不仅是一个孤零零的陵墓，陵前的红石铺路与水池映天，也映着主陵的倒影，陵后的弯弯曲曲的河流，陵旁的同样材料的四座石塔，以及陵的主门辅门，主要拱顶与四个类似角楼的拱顶圆亭，尤其值得一提的是离泰姬陵不太远但又拉开了距离的红宫，亦即国王办公的地方，全部用红色大理石建成。从那里望去，可以看到泰姬陵的全貌。这些都使人们感到一种平衡。一种超人间的感受与满足。人间没有天堂么？那就让我们用双手造出一个来吧。

资料告诉我们，泰姬陵是一六三一年至一六四八年建成的，离现在不过三百多年，但已经显得很古老了。它的伊斯兰风格所反映的当时的宗教信仰已经与今天的印度有别。当然，今天的印度，仍然有近两亿的穆斯林，穆斯林人口居世界各国的第一位。莫卧儿王沙杰汉为爱妻比格姆修了这个陵墓。比格姆死时只有三十六岁，是分娩第十四个孩子时猝死的。陵墓位于亚穆纳河边，国王可以从自己的宫殿看到这个陵墓。国王本来要为自己修一座与之形状相同而用黑大理石做材料的陵墓，但未等到实现他的愿望，他就被废黜了。不知道他的被废与为爱妻修墓极尽铺张是否有关。

如果不是亲眼看见，这个建筑与围绕建筑的故事更像是神话。世界因为有了神话而变得更精彩，世界因为有了印度文化而精彩——这后一句话是作协外联部的钮保国同志说的。沙杰汉与比格姆由于有了这个泰姬陵而为人所记忆。印度因为有许多泰姬陵这样的文物古迹而受到尊敬、受到爱恋而拥有了自己的位置，至少也从而吸引了众多的游客。当然你也可以将这个陵墓看作是专横愚昧、穷奢极欲、横征暴敛、自取灭亡的物证。但是，如今这个泰姬陵是怎样地令人赞叹，令人流连，令人快乐，令人满足啊。怎么样评价这个陵墓的建造呢？为什么习惯于黑白分明地看问题，习惯于臧否分明地进行价值判断的我感到了一些困惑呢？为什么历史的悲剧和喜剧直到丑剧，会成为后人的文化遗产呢？艺术的成功与经世的成果就是这样地互不相容吗？呜呼，念天地之悠悠，能不怆然而泪下吗？

加尔各答与泰戈尔

印度的另一座名城是加尔各答。地图与百科全书上说加尔各答是印度第一大城市，而此次见面的朋友们说是第二大城市，那么孟买就成了第一了。加尔各答人口极稠密，大街上的垃圾之多令人难以置信。交通之拥堵也相当惊人。当然中国的城市也同样受到环境、交通等问题的困扰，但对不起，与之相比，中国算是天堂了。我们在加尔各答拥堵的交通与气味强烈的垃圾中缓缓行进，我很佩服印度自产的大使牌汽车与驾车的司机。它们虽不抢眼，但很皮实，车大多前后灯上都装着防护性铁栅，而公共汽车的车窗上也都是防护性铁栅：车上人太多，挤之欲出，车外还有"挂票"。司机则不放过任何一个空隙，钻来钻去，给人以惊心动魄之感。最后，我们的车实在开不动了，说是因为穆斯林的开斋节快到了，街上格外拥挤。我们只好下来走路，走到一座红楼，看到了泰戈尔胸像，得知这就是泰戈尔的故居，而现在是一所艺术学校。

这就是另一个天地了，像一个私人公园，高雅、安宁、清洁、阔大、自足，树高花艳，天蓝气爽，与外面的世界成为鲜明对比。流行歌词说是外面的世界很精彩，这里则是内面的世界真精彩。没有这样美好的环境，泰翁大概是写不出那么多感觉良好、充满美善与慈祥的人性颂歌与赞美诗篇来的。没有外面的贫穷、艰难、肮脏与一切不便，泰翁大概也不会写出那么多同情百姓、同情下层人民的小说来。由于后一类在中国并不为人熟知的作品，泰翁曾经被自己所属的种姓与阶级所咒骂，然而他也从中获得了人民性，获得了人民的感谢与赞扬。由于前一类作品呢，他又成为纯洁的天使，成为永久人性永久神性和永久的爱的守护神。他确实是太伟大，太成功了。

　　他有近两米高，这在作家当中是不多见的，这也可以看出他的遗传基因的不俗与后天调理得当。他还是歌唱家、画家、哲学家。我们在故居听了他的唱歌录音，看了他的特大号木床，瞻仰了他的鹤发长须的照片，高山仰止，心向往之。

　　"人类的历史很忍耐地等待着被污辱者的胜利"，泰翁此语多么高妙，被污辱者是要胜利的，所以，他是站在被污辱者一边的。为了这胜利，整个人类都要忍耐，而且是很忍耐，珠圆玉润，隽语天成，你还能说得更好一点吗？

　　所以，"我生命中一切的凝涩与矛盾融化成一片甜柔的谐音——我的赞颂像一只欢乐的鸟，振翼飞越海洋"。

　　所以，"进到沉静的山谷里去吧，在那里，一生的收获将会成熟为黄金的智慧""我们在热爱世界时便生活在这世界上"，说得何其好也，而我们这些沉静不下来，成熟不起来，得不到黄金也得不到智慧，虽然热爱得不够也还得生活在这个世界上的中国当代作家，怎么可能不羡慕与膜拜你？

我们在他的纪念室献了花束。印度的泰戈尔有福了。我想，有没有泰戈尔，印度给人的印象可能并不一样，诺贝尔奖奖金给人的印象也并不一样。人们也许真的认为诺贝尔文学奖是专门与各种体制捣蛋的恶作剧呢。这不是，通过泰戈尔，我们渴望走向的"世界"为我辈树立了另类光辉的典范，一个国家是多么需要泰戈尔这样伟大而又叫人放心、富有同情心但更富有耐性的大师啊。

舞蹈与哲学

在印度，常常听到一个词，就是 philosofy——哲学。在加尔各答我们有幸参加了一次舞蹈表演晚会，在大量的解说词中，我不断地听到这个光辉的词，一些电影中也时而出现这个词。跳舞不忘哲学，声色犬马中都有哲学，这是一种理想，一种伟大的人文精神吧。我们欣赏的舞蹈分三部分，第一部分是对印度教女神的崇拜，回顾了这块土地上的先民的生活，表达了对大自然也是对神灵的赞美。天人合一的前提是天神的合一与人对神的向往。印度舞蹈绝少对生活的模仿，而突出了人的情绪特别是宗教信仰激情与人体的美与力的表达，水准极高，每一次亮相都令人叫绝，每一个动作也充溢着美感。而据说演员基本上是业余的，令人赞叹不已。

第二部分是——至少我觉得是集体的瑜伽，也是赞颂和祈祷吧。对一种伟大的超人间的形而上的力量与威严、善良与慈爱、奇迹与幻想的追寻与靠拢，这是很艺术也很思想的，沉迷于艺术和思想、精神世界与精神花朵。自我救赎与普度众生的伟人，是离不了这种赞颂与祈祷的，在赞颂与祈祷中完成了精神，也完成了自我。

第三部分则是一个小舞剧，是说一个部族侵入了另一个部族的地盘，把被侵入部族的男人杀掉了，家属们痛不欲生。而家属们被胜利者所占有。一位貌美如花的女子，组织了姐妹们反抗，趁胜利者不备，在与这些男人同房的时候起义杀掉了他们——这一段令我想起中国的费贞娥刺虎的故事，即李闯王进京后，他手下的大将一只虎占有了崇祯的宫娥费贞娥。在一只虎宽衣解带、欲与之交欢之际，费贞娥掏出金簪向一只虎刺去。

费的恐怖行动并未成功，而印度的这个故事里敢于斗争的女爱国者们胜利了，她们竟然将入侵之敌全歼了。从这个故事里也许可以看出印度妇女的重要性吧。

包袱并不在于刺杀的成功与否，而在于成功之后，被刺杀者的家属们来到了，她们看到了自己的夫君丧命，当然也是呼天抢地，悲痛欲绝，恰如前几天的对方妇女然。于是费贞娥们从中大彻大悟，懂得了己所不欲勿施于人的道理，与对方家属热烈拥抱，共谋永久之和平。这出舞剧的结尾，又与《阿育王》相通了。

据说印度是以自己的非暴力哲学而骄傲的。据说印度社会的根本制度是种姓制度，不同血统、不同种姓的人自然在社会上具有不同的地位，尊卑有序，上下有别，自然也就没有了争斗，没有了战争与革命。印度圣雄甘地，提倡的就是非暴力斗争，他以绝食为手段，从英国殖民主义者手中争到了印度的独立。还说是，印度虽然拥挤异常，但街上很少人争吵打架，这与他们的安于现状、认命不争、寄希望于来生的信仰与哲学有关。我那么看着，街上的人倒是不显得好斗。但是就在看舞蹈演出的那个晚上，有两个人因座位问题而争吵起来，声音挺大，更不必提现在的印巴局势了。另外，遇到自己的男人被侵略者杀害，而自己又被放到了侵略者的床上，此种形势下怎么样进行非暴力的斗争，我也实在闹不清楚，当然非暴力与自求平衡的哲学是迷人的。

我们在孟买吃早餐时前堂经理过来与我们搭讪，他似乎为印度的议会民主而颇为得意，还询问中国的"红军"如何如何。人一生下来就不平等的地方是怎样地民主起来的呢？这样的哲学作为舞蹈大概是非常有观赏性的，但是在治国的实践中，它又是很难操作的。在这个伟大的国家，你也许看到了过多的乞丐，过多的残疾人，过多的无法控制的人口增长和过多的赤贫，过多的垃圾，过于混乱的社会秩序……这大概又是一个哲学问题了吧。

思想的魅力

在甘地墓，有一块石碑，上书甘地名言："简朴的生活，崇高的思维。"（Simplelife，highthinking.）

这话确实非常甘地，非常印度，非常人文，非常精神，也非常符合第三世界知识分子的口味。我们想一想甘地的打扮吧，披着一片麻布就行了。这也非常东方，我立即想起了"安贫乐道"的中国古训，想起了孔夫子对于颜回的称道："贤哉回也，贤哉回也。一箪食，一瓢饮，人不堪其忧，回也不改其乐……"

一位欧洲朋友曾经对我说，与印度人相比，中国人是不是太在乎本国与发达国家的差距，太在乎本国的经济发展，太在乎人均收入和消费水平了？印度虽然很穷，但是他们言谈之中不大在意这一点。

西方流行着一个文化故事，说是半夜房顶漏雨了，不同文化的人有不同的对待，欧洲人这时就会爬到房顶上去修房；中国人会想办法遮雨导水，继续睡觉；而印度人呢，就会沐雨而歌舞一番。

比喻都是跛足的，尤其是对中国人的说法我们多半不服气，但也可能更坏，一漏雨房里的人先各自推诿责任互相埋怨直到爆发内战。印度人的沐雨而歌舞实在可爱得要命，却又有点匪夷所思，更像梦游或是走火入魔。

据说印度有一个有名的故事，两个人在河边，一个捕鱼，一个睡觉。捕鱼者劝告懒惰者要努力工作，懒惰者问："捕鱼干什么？"答："卖钱。"问："要钱干什么？"答："享受，休息。"问："你看我现在舒舒服服，而你在忙忙碌碌，我不已经又舒服又享受了吗？"答："？？？"我在德国作家、诺贝尔文学奖得主海因里希·伯尔的短篇小说中看到过同样的故事，不知道是伯尔受到了印度哲学的影响还是印度人受到了伯尔的影响，还是二者巧合。

简朴的生活，高深的思维，这确实是一种理想，但是如果简朴到了不能正常进行至少是不能健康地活下去的地步呢？在印度的城市，你会遭遇多少乞丐呀。我试图施舍他们中的一些妇女和儿童，不得了，给了一个，上来十个，他们围上你的汽车，拼命敲响你的车窗。还有那些畸形的残疾者，我见到过一个脚大得吓人的象腿病少年，太可怕了。

再比如印度的旅游，那么好的地方，如泰姬陵，如爱罗拉和阿旃陀石窟，怎么连一个像样的旅游纪念品或礼品商店也没有呢，交通也是那么艰难。在这些地方，一些儿童围着你强卖，要谎，许多都是假冒伪劣产品，实际上卖不出什么价钱。他们的旅游业实在是属于待开发的状况呀。

为什么不是日益提高的生活和日益提高的思维层次呢？为什么水涨船高会比一低一高更差？生活的简单是一睁眼就看得见的，思维是不是高明，谁来做主？弄不好会不会成为阿Q？如果是现世与憧憬两者都具有高质量呢？岂不更好？泰戈尔不就是既有美好的生活，伟岸的身躯，阔大的花园和房屋，又有美好的诗篇、散文、音乐和哲学吗？

然而世界是丰富多彩的，印度的例子仍然是迷人的，远观比投入更迷人。而且，近来印度经济也在迅速发展，印度的电脑软件业比中国发展得好得多。用不着王某人杞人忧天，更无须越俎代庖。我要说的只是，不仅仅一个中国作家在访问完了印度以后，更为自己生活在中国而庆幸不已。我同时借此小文给美丽的印度人以最好的祝福。

别有风光的堪培拉

各个不同的国家的首都以各自不同的风姿点缀着我们这个小小的地球。波恩的草地上跳跃着松鼠和野兔。莫斯科河旁退休工人在钓鱼，而他的身后就是克里姆林宫的红墙。东京的高楼与挤满了汽车的公路繁繁密密。阿尔及尔的白色建筑在阳光下洁净得耀眼。巴黎像一个矜持的美人，只有她的老房子上的众多的小烟囱显露出一种天真。而伦敦的高顶的出租汽车行驶在讲究的西敏斯区，天然就是戏剧性的场面。尼罗河旁的开罗呢，那就更不用说了，迅速膨胀的城市与万世威严的金字塔，夹击得渺小的游者喘不过气来。

但我从来没有想到过世界上还有这样的首都——堪培拉。

没有拥挤的房屋，没有高层建筑——澳大利亚政府是有法宝的，在堪培拉盖房最高不得超过海拔75米。没有密如蛛网的道路与车水马龙的交通工具。没有什么名胜古迹，没有那种远古的、超人类的威严的逼视。没有战争与革命与动乱的遗迹。没有灯红酒绿纸醉金迷的不夜的商业区红灯区、没有帝王气象、没有圣地气象。没有大都会气象。没有历史名城气象。没有独树一帜的民族、种族主义气象。也没有任何异国的首都难免的衙门气象。

有的是开阔的空地，有的是因为车少人少而显得永远宽敞和平静的道路。有的是因为绝不高耸而显得更加平实舒适的房屋。连我们住的哈亚特（Hyatt）大旅店也只是平房。更可贵的是城市内内外外的那些空地，那些荒丘，那些可能已经如此长了数万年或者更长一些时间的桉树。这些荒丘和树木使初次造访者惊喜地发现，堪培拉还没有脱离开大自然母亲的怀抱，还没有像其他大城市那样形成了自己的一个紧张促迫的天地。

澳大利亚没有多少历史。去年——一九八八年，他们为移民两百周年而狂欢。澳大利亚的土著人的历史悠久，文化却仍然处在单纯的童年期。这对于中国人来说简直不可思议：没有那么多、那么强大、那么光荣又那么耻辱的古人在他们的头脑与灵魂里生根。据说澳大利亚没有人口的压力，768万平方公里的面积却只有1600万人，平均每千人占有土地（不是耕地）约0.5平方公里，是中国人的550多倍。据说澳大利亚领土上从来没有发生过革命和战争，美国还有过独立战争和南北战争呢，中国就更不用说了，近百年来压根儿就没踏实过。

所有这一切甚至使中国人嗒然若失，世界上真有这么一个国家，尤其是这么一个首都？在这里驾车购物都不用排队。在这里走路不用顾及随时会碰撞别人。在这里不需要向传统致敬立志弘扬传统，也不需要痛斥传统与传统进行悲壮的决一死战……

幸耶？非耶？奇耶？梦耶？我们驱车去艺术环境国土部去拜会霍

尔丁部长并出席他的宴请。我们上午去参观图书馆，傍晚又在同一个图书馆大厅出席为庆祝文学节开幕而举行的酒会。我们去参观他们的美术馆，去中国的驻澳使馆，去迪克森区中国餐馆吃晚饭。走来走去，绕来绕去，都离不开市中心的格里芬湖。因为堪培拉市本来就很小，正因为小才有一种真正的宽松，才真正能摆脱许多在我国太难于摆脱的压力。

　　世界上毕竟有、确实有这样的国家与这样的都城。地球上毕竟还有一个这样比较宽松的角落，回忆起她来，能不显出一抹欣慰的笑容么？

俄罗斯八日（节选）

没　有

没有。

还是没有。

终于找不着了啊。

二〇〇四年十一月十五日，我坐在俄航的北京—莫斯科航班上，是波音767型客机，而不是伊柳辛或者安东诺夫的型号。我戴上耳机寻找一个哪怕只是听着熟悉一点的，没有苏联味道，但是至少有一点俄罗斯民歌味道的歌曲，我找不着。

有意大利歌剧，有百老汇音乐剧，有交响乐，有爵士乐，大概也有俄罗斯的流行歌曲，摇滚风格的，都是我不熟悉的了。

在通向莫斯科的路上，我寻找的是自己的往日，这方面的话我已经说过太多，已经不能再说。我想起了"前苏联"一词，本来我觉得莫名其妙，谁不知道苏联已经"前"了？加一"前"字纯粹是脱裤子放屁。但是在俄航班机上找寻歌曲的经验使我想起了那种前朝"遗老"的悲哀。我自嘲像是苏联的遗老，于是从遗老想到"前清"，不也是加"前"字的么？

历史，使过去、现在以及未来的许多"前"一去不复返了。

但是飞机的服务极好，飞机起飞十多分钟了，已经完全平衡地飞行了，空姐们仍然紧紧系住安全带，端坐在特定的位子上，直到统一宣布可以不系安全带了，她们才开始走动，厕所也才开始启用，这是全球飞行业务中极严格的一批人。

八个半小时以后，到达莫斯科。我弄明白了，莫斯科国际机场旁边仍然是密密的令人感觉是原始的大片白桦林，而不是我想象的山毛榉，像我在《歌声好像明媚的春光》中描写过的。我还发现，在俄罗斯画家偏爱的风景画中，树木，特别是白桦起着主角的作用，例如列维坦的《春天和大水》。我的可怜的美术鉴赏能力和背景，使我喜爱列维坦胜过了法国和荷兰的大师。

可是，我又迷惑了，介绍说列维坦是立陶宛人，立陶宛在脱离苏联和远离俄罗斯方面是最积极的，它现在已经加入了北大西洋公约组织。还能把列维坦算作俄罗斯画家么？

莫斯科机场的屋顶仍然像是悬挂着金属易拉罐式的铜状圆环，像我二十年前看到过的那样。俄罗斯是一个金属与林木都多得不得了的地方。"我们祖国多么辽阔广大，它有无数田野和森林……"《祖国进行曲》的歌词完全是事实。这首歌是杜纳耶夫斯基作的曲，曾经脍炙人口，中国的"进步"青年无人不唱，头两句的旋律还作过莫斯科广播电台对外广播的呼号，响彻全球。当然，机场里已经大大增加了商业气氛，而且许多是英语的标志、广告和霓虹灯，品牌也是国际化了的，例如耐克的"对号"与苏格兰威士忌的"红方""黑方"和更昂贵的"蓝方"，好像还有维多利亚的秘密牌的女子内衣。

彼此彼此。我想起了一九八八年访问匈牙利的情景，那时中国与苏联东欧国家的关系还存在着相当的问题。当我向匈牙利同行介绍中国文学与中国社会的情况的时候，他们的笔会领导人不断用英语说着——应该说是喊着："Brother Countries."——兄弟国家嘛。

我也想到，一个商品的名牌竟然比例如上世纪50年代的苏联外交部副部长维辛斯基在联合国的气壮山河的长篇讲演更持久？半个多世纪前，大概也只有我这样的中华少年革命人如饥似渴地阅读这位据说在斯大林的大清洗中立过功劳的同志的宏文谠论。现在，不论俄国还是中国，有几个人像我这样还念念不忘他老人家？

宇宙饭店

我和妻与原来的助手崔建飞同志一行三人住在COSMOS——"宇宙"饭店。说是前两年铁凝全家来旅游也在这里住过。一个四星级大饭店，大堂里明晃晃地设有赌博场地，当然还没有拉斯维加斯或者葡京饭店那种规模。住房里可以看到被称作"欧洲电视"的高塔和设计气魄宏大的加加林纪念碑，像是一个长长的大钝角三角形，最短的底边在下，最尖的一角顶端指向太空。窗下是熙熙攘攘的和平大道。

然而最难忘的是宇宙饭店的餐厅：柯林卡。《柯林卡》就是《雪球树》，就是俄罗斯那首令我眩迷痴醉的民歌，先是高耸入云得近于孤单，而又委婉多情得近于凄凉的男高音的领唱，你原以为已经没有可能给这样的领唱以回应了，它只能曲高和寡地悬挂在那里了；然而狂欢式的近于暴烈的火一样的合唱响起，于是孤高的英雄与广场和四乡的人民群众打成一片，扭成了可畏的扫荡一切的宇宙伟力。我那年写过一篇文章说我在香港太古广场听俄罗斯（马戏团）小丑艺人唱这首歌乞讨的感受，发表在《南方周末》上。

十一月十六日与十七日，我有两个晚上在这个餐厅里吃饭。两个晚上都有民歌民乐。飞机上没有的地面上有。一个男子用弹拨乐器伴奏，两个青春无瑕的姑娘唱歌。有时她们俩也拿起三角琴或者摇鼓。我完全没有语言学的根据，但是我坚定地认为，英语的 girl 最好译成"女孩"，俄语的"捷乌什卡"只能译成"姑娘"。这次旅行中，俄国译员把"捷乌什卡"说成"小姐"，我无法接受。

她们还在。民歌还在。她们唱了喀秋莎，唱了山楂树，唱了红莓花儿开和莫斯科郊外的晚上。我不用书名号因为这就是她们唱的内容与心情，而不仅是歌曲题目。她们唱的却又有很大的不同，更接近民歌的原汁原味，节奏一样，旋律颇有区别，十分欢快活泼，接近说话——诉说——呼唤，似乎这些歌曲并没有固定的乐谱。这使我想起了延安，同年五月在延安旁的安塞听到的革命歌曲，也都向原汁原味的陕北民歌——爱情"酸曲"上回归。

尤其是她们唱的《有谁知道他呢》，韵味悠长，纯情无限，天真无邪。一面唱一面轻轻摇着身体，像是微风中的花朵。"有女怀春，吉士诱之"，她们的歌声直出直入，无装饰无表演无技巧，自语自叹，却又俏皮谐谑，灵动随意。每句词都是以啊、呀、nia、lia、达、掐押韵，比中文词唱起来动人得多开放得多也热烈得多。这样的歌声是无法抵挡的，声声入耳入心，令人心荡神迷，难以自已，挥之不去。事隔数周，我至今一闭上眼耳边就有她们的"有谁知道他呢"响起。

中文中的"呢"字，很难唱出效果来。

我想起了一九五三年十九岁时候的冬季，那是唯一的一季冬天，我每周到什刹海冰场滑冰。可惜那时每周只休息一天。那是我陷入初恋的一年。那是我开始写作的一年。那是我欢呼祖国的"大规模有计划的经济建设"的开始的一年。那是我每日每时都充盈着想象和感动的一年。所以我在作品中多次渲染与歌唱过十九岁。我在什刹海冰场上听到原汁原味的苏联庇雅特尼斯基合唱团演唱的《有谁知道他呢》。我还知道这个合唱团是根据斯大林的意思成立的。

没有办法，在宇宙饭店的雪球树餐厅听到的演唱给了我十九岁在滑冰场上的感觉。没有办法，苏联就是我的十九岁，就是我的初恋，我的文学生涯的开端。我告诉崔建飞，上世纪60年代我知道苏联已经"变修"，已经成为我们的"敌人"的时候，我感到的是撕裂灵魂的痛苦。这种痛苦甚至超过了处决我本人。本人处决了理想和梦还在，而苏联变修了呢？世界就是这样崩溃的。现在说起来未免无趣，老掉了牙，没有什么出息，不像男子汉哟！

而在她们唱起《雪球树》的时候，我更加感动得说不出话来。苏联不存在了，但是《雪球树》还在，《有谁知道他呢》还在，《红莓花儿开》还在，俄罗斯姑娘的头饰与衣服花边还在，她们的天真与微笑还在，比"时代的荣誉、智慧和良心"（苏联共产党不断自诩的一个套话）更天长地久。

我赶紧布置要给她们小费。我毕竟是跟上了时代。艺术与小费不沾边，友谊、青春、爱情与梦里都不包含小费。然而，艺术的创造者传达者是人，艺人是在乎利益的，俄罗斯的唱歌的姑娘们是不拒绝小费的。只要理念不要利益的伟大实验未能成功，遗憾啊您哪。

给小费的行为中还包含了显示一下中国改革开放的大好形势的崇高动机。

顺便记一笔，关于斯大林虽然众说纷纭，虽然现在的俄罗斯人不见得愿意正面地谈说斯大林，但是斯大林喜欢的庇雅特尼斯基民歌合唱团还在。几个俄罗斯朋友向我说明了这一点。

动荡年代的爱情

为了发行新版的拙作中短篇小说集俄文版，我们在"找到你自己"书店举行与读者的见面会。

这个集子由托洛普切夫翻译编辑，他的眼光比较艺术。他选的是《夜的眼》《杂色》《木箱深处的紫绸花服》《深的湖》《失去又找到了的月光园的故事》《焰火》《他来》等。（俄女学者兼我们的导游阿克桑娜博士表达了对于"紫绸花服"的理解与欣赏。而在我们后来访问阿拉木图的时候，哈萨克斯坦国家图书馆馆长穆拉特先生引用"月光园"的故事评述世界与两国关系的失而复得，这都应该感谢这个译本）

书店的楼下是礼品店，其中也有不少中国礼品，包括佛像、吉祥物、灯笼、刺绣等，快到圣诞节了，各种商品密密麻麻，碰头撞脸挡胳臂绊腿，使我想起儿时旧北京街上开的文具店。

　　三十多个读者等候因为塞车而迟到一个多小时的我们，气氛比我想象的热烈。我的印象是他们对于中国的事情都很有兴趣，但又都不甚了解，特别是近年来的发展，他们想象不出来。

　　有一个中年男子提出与我共唱苏联歌曲。我们一起唱了一些比较流行的，诸如《喀秋莎》与《莫斯科郊外的晚上》，后来我唱起《五一检阅歌》："柔和晨光／在照耀着／克里姆林古城墙／无边无际苏维埃联邦／正在黎明中苏醒……"他和了几句后拍着脑袋表示已记不起歌词。我又唱了地下时候学会的第二首苏联歌"我们的将军就是伏罗希洛夫／从前的工人今天做委员……"（第一首是《喀秋莎》，当然）和另一首歌颂苏联名将肖尔斯的歌："队伍沿着河岸……在那红旗下面／躺着一位游击队长……"他唱不出来了。

　　正式会见开始前，一位年长的、身材仍然不错的女士来找我，向我介绍，她是一位诗人，我国苏联文学翻译家与研究家老Ｇ的当年的恋人。Ｇ只是代号，不是高或者甘。我与老Ｇ是友人。女士把一本影集给我看，老Ｇ当年在莫斯科留学时候与她是同班同学，那时他竟是这样潇洒英俊。内中有不少他们二人的合影，可以想象二人的感情的火热。影集中也包括了老Ｇ后来的照片，有他后来在国内结婚后的全家福。最后一张是老Ｇ前几年不幸猝逝后的灵堂，黑幔上写着老Ｇ的名字，悬挂着的是女诗人的青年时代的恋人的遗像，叫作天人相隔。

　　我惊讶震动，不仅在于她与老Ｇ的早年恋情，而在于老Ｇ从来没有，国内也从没有任何人告诉过我这段故事。而当年的苏联姑娘，却坦白自然得很，这也是文化的差异么？

　　更令人震撼的是时间，时间比你想象的有力得多，无情得多，时间主宰着我们，像暴君。一位研究者曾经评论我的作品常常以空间的转移来写时间。是的，到日本使我想起童年，我的童年是在日军占领下的北京度过的。到新疆使我想起中年与壮年。而俄罗斯呢，一到俄罗斯青年时代的记忆就纷至沓来，浑若不胜。

朋友告诉我，老G与这位俄罗斯女诗人的爱情是不可能实现的，双方政府都有禁令，后来，两国关系又敌对成了那个样子。所以，虽然上世纪80年代初期老G曾经供职于我驻莫斯科大使馆，也不可能与之见面。直到一九九一年，两国关系正常化以后，老G费了老大的劲终于找到了女诗人。

还说什么呢？恩怨情仇，藕断丝连。又是近邻，又是第三国际，又是共同的理念，牢不可破、万古长青……本是同根生，这是历史？这是命运？这是天意？你永远不可能非常理智非常冷静非常旁观地谈这个"外国"，看这个国家。你为她付出了太多的爱与不爱，希望与失望，梦迷与梦醒，欢乐、悲哀与恐惧……这占据了我们这一代人还有上一代人特别是革命的老知识分子的一生。而后，错错错，莫莫莫；长已已，永恻恻。你老了，去了，她也老了。

波罗的海的夕阳

这次还去了圣彼得堡。这是这个城市的古老名称，源于耶稣的十二个圣徒之一的圣彼得。后来改成彼得格勒，是为了纪念彼得一世即力行新政的彼得大帝。十月革命后定名为列宁格勒，当然是为了永忆列宁。现在又改了回去。城市的名字改了，但是城市所处的州的名称没有改，仍是列宁格勒州。而莫斯科的通往圣彼得堡的火车站也仍然名为列宁格勒火车站。想洗净一段重要的，震动了世界也改变了世界，震动了本国也改变了本国的历史谈何容易？价值选择的变易不能代替历史的书写，而书写历史不等于历史本身。当我与该城的汉学家们座谈时，一位女学者问我："你们是不是觉得我们改革得太慢了？"我说："没有啊，你们连城市的名字都改了呀……"有同行者以为我语带嘲讽，实无此意！我怎么会觉得他们慢呢？

我不想再写这里的涅瓦河、冬宫、阿弗洛尔巡洋舰、购自埃及的狮身人面像，也不想再写这里的大街了。有一首民歌叫作《沿着彼得大街》，抒发一个喝醉了酒的马车夫赶车的情景，歌曲里有车夫吆喝马的叫声。是我记错了吗？当我问导游哪里是彼得大街时，导游表示不知道。

上世纪50年代我曾经在与列宁格勒红霞工厂结成姊妹关系的北京有线电厂做共青团的工作，我在彼得堡，竟忘记了问这家工厂的情况了。一位中国人告诉我，即使还有，也早已面目全非喽。

感谢导游带我们去"木木餐厅"用饭，餐厅门口有屠格涅夫的小说中的狗"木木"的雕像，饭后老板送给我第一版"木木"的复制本。后来我们又到柴可夫斯基与科学院餐馆用餐。就冲这些餐馆名称也令人钦佩。彼得堡全城就是博物馆，普希金、柴可夫斯基、屠格涅夫的坟墓都在这里。

十一月二十一日我们碰到了风雪，可能没有普希金小说里描写的"暴风雪"那样激烈，但已经可观。风是白色的，雪是散漫无形的，风成了雪的力量，雪成了风的形体。街道与巨石建筑也在瞬间出现了白色，剩下的河流显得格外黝黑。我在风雪中踉踉跄跄地奔向也是普希金描写过的"青铜骑士"——彼得大帝铜像前留影纪念。那里有交通警察，近处不得停车。喀哒一声，摄影完毕，胶片也没有了。

由于当天夜间还要乘车返莫斯科，我们回旅馆休息。天昏地暗，疲劳的我们迅即躺下，合上眼睛。突然，一片火光使我惊醒，满室通红。睁开眼，得知红光来自窗户。走到窗前，拉开窗帘，才知道天空忽然局部放晴，看整个天幕，远看仍是乌云。看海洋，似乎也阴沉得很。只有海平线上，留出了窄窄的却是明亮的长长的光带，红色，金色，橙色，玫瑰色，紫色，蓝色，褐色……光芒四射，仪态万方，霞光千里，为宇宙扎上彩带。夕阳就停泊在波罗的海海面上，夕阳傲视着我们，满目风光，满身骄傲。

我与妻都惊呆了。我们被一种狂喜的心情攫住。这像是沉郁中一次欢乐的爆炸，像是神圣的显示，像是波罗的海与圣彼得堡再次举行了开光典礼，像是盘古开天的巨斧劈出了六合的辉煌，像是寂默之中突然铙钹齐鸣，响起了贝多芬第九交响乐的大合唱——《光明颂》。谁都知道彼得堡的阴沉的寒冷的冬天，知道彼得堡一年只有六十个好天，却不知道暴风雪后突然展示的波罗的海夕阳的美轮美奂。

我们住在波罗的海宫，隔窗望去就是波罗的海，芬兰湾。而过去，芬兰湾的风光只在列宾的油画里见过。现在看出去，已经没有当年的野生水生植物，却多了一个灯光昼夜眨眼的海滨夜总会。远处也有灯火，我开始以为是芬兰，后来导游告诉我那边是喀琅施塔得岛。这个岛的名称我也不陌生，因为苏联七彩电影（那时叫"七彩"以示比"五彩"更多彩）《难忘的一九一九》中有这个岛的水兵叛变的故事，有一个镜头是斯大林乘着摩托快艇破浪前行，前来解决水兵叛变问题，像圣者下凡一样，一时全电影院的观众欢声雷动。

很快，夕阳落入波罗的海，天立刻黑下来，阴云重新弥漫，风雪再次接续。我相信二〇〇四年彼得堡的寒冬自今夜开始。

谢谢你，波罗的海的夕阳，我相信你是特意冲破乌云，一显灵验，一展风采，向我们说一声"你好"的。波罗的海的夕阳是太阳、海、芬兰湾和城市的精魂，是两个彼得和一个列宁的精魂，是俄罗斯、苏联和俄罗斯的精魂，是卫国战争中进行了艰苦卓绝的战斗，英勇牺牲了的百万列宁格勒人的精魂！法西斯硬是拿不下这座光明的城市，历史早已证明了。